Seba・蝴蝶

Seba・蝴蝶

Seba・蝴蝶

Seba・蝴蝶

蝴蝶館 04

這個編輯有點怪

Seba 蝴蝶 ◎ 著

elegantbooks

楔子

早上八點的捷運站，像地獄一樣擁擠。每節車廂都塞滿了人，摩肩擦踵，被迫與陌生人有著最親密的接觸。但是大部分的人還是緊繃著，盡量保持一種冷漠的禮貌。

大部分，卻不是所有人。

她是個膽小內向的粉領族，每天起床都不想去公司。並不是工作上有什麼問題，或是人際關係出了毛病，而是——每天上班必搭的捷運，有個可怕的人盯上了她。

她真不懂……為什麼那個色狼可以神不知鬼不覺地出現在她旁邊，她也不懂，為什麼那個色狼就是要……

她只覺得骯髒、可恥，充滿憤怒和羞愧。她恨自己為什麼沒有勇氣舉發他，只能拚命顫抖地，在避無可避的捷運上咬牙忍耐半個鐘頭。

上班的路途成了非常可怕的道路。

她不會騎機車，公車又要轉好幾班，繞過整個城市，還得走很遠才到公司，她又不敢搭計程車，捷運是她唯一的交通工具。

為了避開那個色狼，她甚至五點就去搭捷運，結果，空空盪盪的車廂更可怕，那個色狼居然還是出現在她身邊，更肆無忌憚的摸、摸、摸……

摸她的屁股。

那次真是可怕的經驗，她第二站就下車逃跑了。在捷運站哭著打電話，請公司的警衛伯伯來接她。

像是一個惡夢，避也避不開。

她不想上班了！她拉起被子，在被子裡頭嗚嗚地哭了起來。哭了一會兒，想到未完的公事和滿滿還沒看過的e-mail……她無精打采的起床，梳洗以後，愁眉苦臉地走入捷運站。

等捷運站在台北停靠的時候，她全身又緊繃起來。果然……一陣人潮擁擠之後，那個可怕的男人又擠到她身邊，肆無忌憚地輕薄她。

誰來救救我？救命——救命啊——

她在心裡不斷地吶喊，觸及她求救的眼神，乘客看看她身後那個高大又粗壯、穿著黑西裝的男子，都把脖子一縮，眼睛死命盯著報紙或書，甚至把眼睛閉起來裝睡。

她痛苦地忍耐著，車門開了，出去了一批乘客，又擠入更多的乘客。她乘機擠開一些，那個色狼卻如影隨形……

受不了了，再也受不了了！我不要上班了，我要辭職！我要辭職——

突然一陣香風颳過，她的身後擠進一個穿著合宜套裝，頭髮微鬈的長髮女子。她很高挑，可能有一六五以上，剛好把飽受驚嚇的她擋住。

是個很美、很美的女子，她的美不是那種五官精緻得宛如瓷娃娃，也不是她窈窕美麗的身材，而是一種氣勢，一種微帶厭倦卻又嘲諷的氣勢，讓所有見到她的人都忍不住覺得她很美。

因為美人擋住了她，結果色狼誤認目標，一把摸在美人豐滿圓潤的臀部上。

哦哦哦，這是極品，這是極品啊！色狼忍不住激動起來。他摸過成千上萬的屁股，才挑中了那個膽怯的女人。那女人的屁股已經算是少有的逸品了，沒想到，世界上還存在這樣精緻絕麗，比例完美無缺，彈性十足又誘人的屁股！

嚥了口口水，激動到喉嚨乾渴，貪婪地望著漆黑的玻璃窗……女人驚慌恐懼的臉孔，更能刺激他的感官……

他望向玻璃窗，看到一張絕美的臉孔，冷漠地從倒影中看著他。美是很美……但是她美麗的容顏似乎有些面善，甚至勾起一點點模糊卻深刻的恐怖回憶——

「管、管管管……」色狼結巴起來，他倒退兩步，堅固的人牆擋住了他，讓他欲逃無門。

「我給你一秒鐘。」美人抬起冰冷如霜的美麗眼睛，「馬上消失在我眼前。」

色狼顫抖著，突然化成一道黑影，飛快地從門縫飛了出去。只有他的黑西裝飄飄地落在地上，沒有人發現。

但是膽怯的她都看到了，她瞪大眼睛，懷疑自己是不是在作夢。她抬頭看看美人，又低頭看看地上軟攤成一片的衣服鞋襪。

「這個這個這個……那個那個那個……」她語無倫次地指著地上的衣物。

美人只是將皮包背高一點，「不要坐過站了。」然後就擠了出去。

她驚嚇得大病一場，瘦了一大圈。越想越不可能……她一定是被色狼嚇傻了，所以才會睜著眼睛作惡夢。

說也奇怪，等她病癒去上班，那個色狼居然從此消失了。真的，這真的很奇怪……

一切都只是一場惡夢而已，對吧？

* * *

過了幾天，她閒暇時寫著當興趣的稿子，居然被錄取了。編輯有著非常甜美的嗓音，聽起來很親切、很熟悉，邀她到出版社一聊，她高興地答應了。

到了出版社，只見一個高挑美麗的編輯走了過來，含笑問著：「妳就是綠意呀？

果然人如其名。」

綠意跳了起來，愣愣地指著她。她、她她她……她不就是……捷運站上那個美女嗎？「我我我……我們……我們見過，對對對對……對吧？」

美女編輯慢條斯理的坐下來，微笑著，不置可否。「我是大眾臉。」她伸出纖長柔白的手，遞出一張名片。「這是我的名片，我姓管，管九娘。」

綠意看著笑語嫣然的美麗編輯，微顫著接過了名片。怎麼看，管編輯都是普通的女子，只是比別人美一些，好看許多。和她交談了一會兒，綠意激烈的心跳也慢慢緩和下來。

以後，綠意就由管編輯照顧了。這位美女編輯工作力強，思緒又敏銳，在寫作的路途上給她很多幫助。

但是漸漸的，她也發現，這位美女編輯有許多不可思議之處。

她的編輯，有點怪。

第一章　太正常就是不正常

其實，不只是綠意覺得九娘「怪」，連她比較敏感一些的同事也覺得她「怪怪」的。

這種「怪」很奧妙，說不出個所以然。怎麼看，九娘都很「正常」。她穿著過季出清的名牌服飾，樣式安全保守又低調；她的妝十分精緻，卻又非常符合編輯該有的身分；她雖然沒有男朋友，但是偶爾也會答應一兩個約會。

她雖然這樣地美，卻美得安靜、沉默，完完全全像是一個美女編輯該有的言行外貌。

觀察許久，綠意才恍然大悟，是了……這就是「怪」的地方。每個正常人都有些小小的不正常。比方說，膽怯、自私、驕傲、卑微，或有些小小的癖好和偏執。

但是九娘是這樣地「正常」，正常到完全是中間值，正常到「怪」了起來。

綠意對美女編輯是這樣地好奇，好奇到忍不住刺探，尤其是她老忘不掉那天在捷運上看到的「幻象」。

「妳想太多囉！」九娘笑了起來，「我最不正常的地方是我的名字。我爸媽聊齋看太多，給我取了個這樣麻煩的名字。」

綠意也跟著笑，但是她一點也不相信。

就在某個陽光普照的假日下午，綠意到出版社拿她自己的書。管編輯跟她聊了一會兒，突然手機響了。

這是第一次，向來氣定神閒的管編輯臉上變色了一下，但是又馬上泰然自若起來。

這樣真怪，很怪很怪。尤其是管編輯說她有點事情，以後再聊，綠意更肯定她的第六感。她不動聲色的站起來告辭，搭電梯到了一樓，然後躲在對面大樓的綠蔭下坐著，假裝享受難得的冬陽。

沒多久，管編輯果然出現了。她有些匆忙地等著過紅綠燈，臉上像是有著薄怒。

然後她開始過馬路。

綠意忘記自己正在偷看，詫異地站直起來。沒錯，管編輯在過馬路……但是她急步地從辦公大樓那邊走到對街的紅磚道，馬上轉身走回辦公大樓那邊。

行人匆忙，沒人注意到她的異常，但是綠意卻瞠目地看著她不能夠解釋的行為。九次，她在那來來回回走了九次。

等她走到第九次時……身影突然在斑馬線上消失了！

綠意揉了揉眼睛，定睛一看，不管是斑馬線、開闊的人行道，都沒有管編輯的身影。

這個時候紅燈了，車輛隆隆而過，誰也沒發現這樣奇怪的事情。

她呆了好一會兒，想破頭也想不明白。等到下次綠燈時，她走上斑馬線。真奇怪……是很平常的斑馬線啊！她看看這條六線道的斑馬線，發現它這樣地寬闊筆直，紅綠燈顯示著，她還有八十秒可以橫越。

八十秒耶……八十秒要來回走九次有可能嗎？她呆了好一會兒，嘗試著走看看，卻發現她根本沒辦法在八十秒內來回九次，只好拔足狂奔。

好不容易跑到第九次，人還在馬路正中間，紅燈突然亮起，所有的車輛聲勢驚人地發動，眼見就要疾馳過來……

她心頭一急，額上沁出汗，天啊！她得快快離開這裡……

只見強光一閃，她眼前一陣白茫茫。等她終於看得到的時候，她發現自己已經在一個巷口了。

回頭看，依舊是車水馬龍。往前看，卻是條幽深的小巷，院子裡有樹，還有幾棟像是眷村的平房。她有點摸不著頭緒，茫茫然地往前走。

她是個路痴，一離開了熟悉的街道就會不分東南西北。這小巷，巷中有巷，弄中有弄，她走沒多久就迷失了方向，頭昏腦脹之餘，她聞到一股誘人的咖啡香。

一轉頭，發現一棟小巧的咖啡廳安靜地坐落在巷子裡。有店家就有救了！她心頭一鬆，推開玻璃門，想去喝杯咖啡，順便問問路……

一打開大門，有股奇異的違和感湧了上來。她定睛一看……很普通的咖啡廳，零零落落坐了幾桌在談笑的客人，陽光懶洋洋地灑進玻璃窗內，櫃台有個美豔得驚人的老闆……

大概最不尋常的就是這個。她的確一眼就認出站在櫃台後面的是老闆，但是這是她見過最美麗的男人……沒有任何女人比得上他的美貌。

但也就是這樣。一切都很普通、正常。

這種絕對的「正常」，就跟管編輯一樣，有那麼一點怪怪的。

老闆看見她，輕輕地頓了一下，才滿臉笑容地招呼，「歡迎光臨。」

綠意本來是個膽怯內向的女孩，跟陌生男人說話都會想轉身逃走。但是很奇怪，這個美麗的老闆卻讓她感到那樣地親切，她不由自主的對他笑笑，「午安。我、我迷路了……想喝杯咖啡，問問路。」

有些侷促地坐在吧台，她四下張望，模模糊糊的疑惑無法說出口。「請問，這裡是哪裡？」這家小咖啡廳連招牌都沒有。

「這裡嗎？」美麗的老闆笑了笑，「這裡是幻影咖啡廳。」

幻影？綠意有些遲疑地接過精緻美麗的木質名片，上面有著古篆似的優美字體

——幻影咖啡廳　狐影

奇怪的名片，連地址電話都沒有。

但是咖啡真的驚人的好喝，她喝了一杯，卻有點坐立不安，總覺得背後有許多視線……但是一轉頭，只見一屋子客人輕鬆地談笑，誰也沒多看她一眼。

一坐好，那種被注視的感覺又出現了。

她喝完了咖啡，含糊地道了聲謝。「謝謝……多少錢呢？」

「要走了嗎？」美麗的老闆笑了笑，「初見面的客人免費。這邊的路很複雜，我找人送妳回去吧！菟絲。」他喚著，「妳蹺班也蹺夠了吧？回銀行的時候，順便送一送這位小姐。」

一個個子小小的俏麗女郎皺了皺鼻子，「啊勒？我不想回去啊！無聊死了……」嘴裡抱怨著，還是和善地對綠意招了招手。

綠意感激地跟上去，還是覺得有無數視線盯在她背上。

狐影看著漸漸遠去的綠意，責備地望著坐在角落悠閒喝咖啡的美麗女子，「管，妳也不隱祕點，讓個人類隨便來這兒。妳明知道這兒來去的往往不受管，妳……」

「她有那個天賦，我有辦法？」管九娘沒好氣地嚷，「她自己要跟，又不是我帶她來的！」

「這不跟妳計較也就算了，」狐影有些敷衍地責備著，「色狼好歹是我的客人，妳在我這邊把他打得跟豬頭一樣……」

管九娘舉起手，「天地良心！我小小狐妖，敢在您狐仙大人眼皮底下搞鬼嗎？不過是機緣湊巧，那隻色狼正好出了您的店門，又剛好我想起您的好咖啡，這才『巧遇』了。哪知道我換了個模樣，那隻死狗子色心不熄，又摸了我的屁股……這才拖到巷子小小地『教訓』他一下，哪敢在您店裡鬧鬼打人呢？」

狐影想笑，又極力忍住。熟客已經有人吃吃地笑了起來。

是的，幻影咖啡廳裡面的客人、老闆，幾乎都是「非人」，連美麗又正常的管編輯，也是隻活過兩千年的狐妖。

作為一隻懶於修行的狐妖，管九娘不可謂之道行不高。或許比不上那些修行上千年的大妖、仙魔神靈，但是她天賦極高，妖法又嫻熟，在這個都城也是備受尊敬。

只是她天性嬌懶，不願修行，不然未必修不成正果。

像她這麼厲害的狐妖，不去哪個國家呼風喚雨，顛倒眾生，反而默默住在都城，違背天性，過著修女般的生活……實在有著深沉而憂愁的理由。

一般狐妖壽命極長，通常可以活到千歲。但是每千年就會有雷神奉命行使雷災，躲過去，脫胎換骨，恢復青春；躲不過，就真的只剩一張狐皮了。除非戮力修行，修成妖仙，這才可以免除雷災。

所以狐妖修行最多，就是為了這種麻煩的宿命。

但是眾生尊敬管九娘並不只是因為她的妖法和天賦，而是這樣一個不肯修行的狐妖，短短兩千年，居然躲過了五次雷災。

當然這種尊敬還帶著一點讓人難堪的同情就是了。

「管，妳好歹也修行一下，」每次見到每次念，狐影自己都覺得煩，「放著一身的好天賦不修煉，如何是正果？每千年就要熬一次天雷，妳不嫌煩，我都替妳覺得煩……」

九娘用美麗狹長的狐眼瞪了他一下，「你別跟我講你不知道我不肯修煉的緣故。我能成仙嗎？我肯成仙嗎？我成仙還得了？」

狐影無奈地看著她，「妳就是怕雷恩吧？」

九娘跳了起來，抓著皮包奪門而出，像是後面有鬼在追一樣。

整個咖啡廳靜了下來，不久，紛紛傳出嘆息聲。

「連名字都聽不得，真的很嚴重了……」

「聽說雷恩被天界免職了……」

「當真嗎？雷恩不是天界最出色的雷神嗎？哎呀！多少天界少女要哭泣了……」

「這種示愛的方式也太激烈了……」

「你少說幾句，當心下個挨天打雷劈的是你！」

「唉！這樣激烈的愛意，換個方式想，也是滿浪漫的。」

這群幸災樂禍的傢伙！狐影搖搖頭，「你們沒一個是好人！九娘快被煩死了，一個個還拚命刻薄她！也不替她想想辦法……」

「叫她去找管理者？」有眾生試著表達自己很有同情心。

「舒祈？」狐影苦笑，「九娘得罪了舒祈，敢自己送上門去？」

「她又怎麼觸怒了管理者？」梨花花神驚訝了起來。都城管理者最是冷心冷面，深入簡出，連要見她一面都見不到，好端端的，管九娘怎麼會去得罪她？

狐影還沒接口，耗子精幸災樂禍地八卦，「哎唷，妳知道住在碧潭那家子螭龍吧？管九娘本來跟龍娘子是好朋友，偏偏又勾引她老公……管理者最討厭這種行為，偏偏龍娘子傷心地鬧自殺，魂魄去了管理者那兒哭訴……」

「你是好了沒有啊？」狐影實在很煩，「男人長舌起來，嘴臉特別討厭！也夠了，管當了多久的修女，你也算算！狐媚本來就是狐妖的天性，她克制到這種地步了，你也好八卦她，落井下石？」

＊　＊　＊

九娘有些煩悶地走出咖啡廳，一面點起了一根菸。

雖然走得這麼遠了，她靈敏的耳朵不能關閉，還是聽得清清楚楚——關於她的過去，還有狐影對她的所有辯解。

其實她根本不在乎那些人說些什麼，但是狐影的辯解卻讓她有點悽然。

同為天性魅惑的狐妖，狐影對她就比較有感同身受的同情。狐影比她幸運些，他雖多情卻極為專情，所有的魅惑傾盡一人，這種專注讓他順利修仙，也不招人誹謗。

說起來，九娘是羨慕狐影的。她不怕任何人謗諷，但是她空有狐媚卻不識情滋味。兩千歲說長不長、說短不短（就妖怪的角度來看），也看盡無數人間悲歡，遇過無數的人類與眾生……

但是她就是不懂什麼是「情」。

她懂得喜愛狐影，尊敬管理者（即使她那樣冷漠的生氣），但是她不了解怎樣才可以愛一個人愛到吃不下、睡不著，連命都不要。

龍娘子何必自殺？她家老公不過是跟她「嬉戲」而已，不是嗎？又不會少塊肉，何必這樣就尋死呢？舒祈又何必生她的氣呢？

她只覺得很蠢。蠢歸蠢，她又不由得羨慕那種熱烈。

真奇怪，為什麼她就是沒遇過那樣的人（或眾生）？如果遇到那樣的人，說不定她就可以學習什麼叫作「情」。

天下的狐妖百百千千，為什麼別人的故事可歌可泣，她的故事卻……

剛剛脫離「幻影咖啡廳」的異界，她全身緊繃，頸後的汗毛一根根站起來。媽的，人家有的是奉獻犧牲的情人，為什麼跟她上千年的，是個時時想取她性命的可怕跟蹤狂？

她悄悄瞟了一眼。太好了，果然是他──那個咬牙切齒，巴不得給她天打雷劈的被貶雷神。

連正眼也不敢瞧他，只是無奈地攤攤手。哦，是夠了沒有？她都已經乖乖在管理者的都城住下來，乖得像個修女一樣生活了，連跟男人約會都小心翼翼，還弄出一個「冰山美人」的外號……

要知道，狐妖天生媚骨，和人間那些假正經、假清高的女人不同。看上眼了就脫衣上床，吸取眾生的精氣維生。像她這樣反過來，將魅惑收拾得乾乾淨淨，過著尼姑般生活的狐妖，可以說道行極高，很不容易了。

即使這個魔性都市逸脫的貪欲如此濃重，毋需採補即可存活；但是在此討生活的同族，誰不是開著應召站，過著日日笙歌的日子？誰像她這樣倒楣的？

這個喚作「雷恩」的雷神，對著滿都城的狐妖視而不見，就是抓著她猛劈雷。

這是什麼命，什麼命唷！

她又悄悄地溜了一眼，雷恩不遠不近地跟著，俊秀的臉孔鐵青著，雙眼冒出壓抑不住的怒火，好像還有些小小的閃電。

九娘深深地頭痛起來，之前雷恩在天界的時候，還只能利用閒暇來盯梢（那就已經很令人吃不消了）；後來有個仙官實在看不過去，向天帝打了個小報告，說雷恩濫用職權，以公害私……沒想到天帝一怒，將雷恩貶了下來。

這下可好，貶就貶吧！好歹也讓雷恩去投胎轉世，沒收他的法力；結果不知道那個老糊塗是怎樣，居然貶了一個雷神，神通倒是一點都沒收……

倒楣的是她這個小狐妖，像是被逼著入了空門，跟可愛的男人再也無緣了。這也就罷了，總之她早就混跡人間，活得非常「人類」；但有個殺手亦步亦趨地跟在屁股後面，連睡覺都感覺得到有股視線透過牆盯過來……

到底還有沒有人權啊？不不，到底還有沒有妖權啊?!

她真的感到非常氣悶，若是可以，她真想轉身給雷恩一個強而有力的直拳，然後將他拖到巷子狠狠揍他一頓。

越想越激動，她忿忿地轉過身，想要給這個該死的跟蹤狂好看——

一觸及那雙雷光電火的眼睛，她的氣勢整個枯萎下來。千年來讓恐怖的雷電追著亂劈，傷痕實在太深了，她這位英明神武、天不怕地不怕的美豔恐怖編輯兼正統狐妖，最後還是夾著尾巴逃走了。

匆匆跑進大樓裡，鎮守在大樓中的地基主哀怨地看她一眼，「狐妖大人，妳什麼時候辭職？」

「廢話少說，快擋住他！」狼狽的九娘對著地基主揮了揮拳頭。

地基主蹲在牆角畫圈圈。他幹嘛幹啥地基主呢？天界根本就是呼嚨他們這群孤鬼兒，發個什麼榮譽職的虛銜，要勞保沒勞保，要健保沒健保，四季就受那麼點香火，打發雜鬼就顧不來了，現在還得面對一個正宗的雷神……

「雷神大人，」地基主含著眼淚硬著頭皮上前阻攔，「您無職無公文，是不能入內的。」

可憐老地基主的聲音顫抖得頗可憐。

雷神冷冰冰地看他一眼。就是一眼而已哦！就讓他單薄的陰體像是通了十萬伏特的電力，猛然一顫，差點昏了過去。

還好雷神只是瞪了一眼，就走到對街，找了家咖啡廳坐下來。雖然換對家咖啡廳的地基主雞飛狗跳，但好歹他算是熬過了今天。

摸著被電到捲曲的鬍子，地基主老淚縱橫，「狐妖大人，妳還是快快辭職吧！老身擋不住了啦！」

沒用的東西！

電梯裡的管九娘啐了一口。天天只會嚷著要我辭職，你不會寫個奏章上天打小報告啊？

雖然她知道，等同區長的地基主報告也沒人理，但總比她這個上不了天界的狐妖好多了！

想破腦袋就是想不通雷恩幹嘛死盯著她不放。她又不是妖力有多高，還是禍亂過哪個國家，又不是狐妖中最美的，為什麼雷恩看她特別不對盤？天啊……

臉色慘澹地回到編輯室，發現一大群小編輯興奮地吱吱喳喳。看到她進來，趕緊捧著一本稿子過來，「管姐，妳來看看這部稿子……」

「妳說給我聽吧！」她今天已經刺激太深，不想再傷害眼球了。你知道的，許多人有寫稿的勇氣，沒有寫稿的才氣。她每天經過這樣的洗滌，自覺視力和智力日趨退化。

「這部很浪漫哦！」小編輯滿臉陶醉，「書名叫作《無號碼顯示來電》，大意是說，有個女生每天都會在晚上九點接到無號碼顯示來電，但是接起來對方就掛掉了。後來漸漸的，她覺得每天都有人在跟蹤她，而且有人按電鈴，她出去一看卻沒有看到人，只看到一杯熱騰騰的關東煮，於是，她慢慢愛上這個不知名的人……管姐，妳不覺得很浪漫嗎？」

愛上跟蹤狂？她覺得胃一陣翻湧，午餐似乎有保不住的趨勢……

「管姐，妳怎麼吐了？該不會是懷孕了吧？」

第二章　人間「移民」何其多

最近管九娘很愛看漫畫。被太多劣質的文字弄傷了眼珠，看看日本漫畫還滿不錯的。

反正數量多，她有得選，看個兩頁撐不下去，可以大大方方地一丟，漫畫王又管喝管吃，書隨便你看，她假日幾乎都消磨在此。

不過看到《寄生獸》，她心裡還是有點感慨的。

人類生存在一個單薄的表象之下，崇尚著理性和科學，將所有的靈異事件都當作茶餘飯後的笑談。其實這種堅決閉上眼睛的態度是很令人欽佩的。

事實上……

她冷眼看著眾生，可以清楚地分辨，哪些是純正的「移民」，哪些是「移民」的後代。人類的基因強悍而霸道，很少「移民」和人類通婚，眾生的特質被掩蓋在人類的顯性基因下沉眠，後代跟人類沒什麼兩樣。

沉眠，不是死亡。偶爾經過某些觸發，能力會奇怪地爆炸開來。但人類實在很可愛，會找各式各樣的理由來合理解釋這種「不合理」。

說起來，正統而一點偏雜都沒有的人類真是越來越少了；反而留戀人間、壽命比人類長許多的「眾生」越來越多。

雖然說，他們跟人類一樣吃飯、睡覺、談戀愛、工作，服膺著天界蠻橫紊亂的法則，甘心被壽命短促的人間管理者拘束。

但是沒辦法，他們就是愛這個混亂又有意思的人間。比起其他居住在異界、活得蒼白嚴肅的同類來說，他們更為喜愛人類。

（雖然也有喜歡拿人當食物的妖怪啦！不過那都是粗俗無聊的傢伙，很被「移民」們看不起。）

哎，好久沒有男人了，她都快忘記男人是什麼滋味了，實在好懷念啊！

她百無聊賴地躺在漫畫王的沙發上，努力收拾起來的狐媚在心笙動盪的時候，實在不太收拾得住……

結果整個漫畫王都瀰漫著微漏的狐香，實在很像打翻了NO.5的香水，幾乎每個男人都有點頭昏腦脹，昏昏沉沉地抬頭嗅聞這美好的香氣是從哪兒來的？

是意外嘛！管九娘在心裡辯解著，一切都是意外，等等她若被撲倒了，可不是她的錯，一切都是無心的意外啊！

她滿懷興奮地抬頭一看，不知道是哪個帥哥摸到她的包廂……

觸目是一雙冒著十萬伏特雷火的眼睛，她滿腔的春意如墜冰窖，全身都劇烈顫抖起來。天啊！為什麼還是雷恩？星期天耶，他都不放假的啊？

「我什麼都沒做，什麼都還沒開始做呀！」九娘拋下一張千元大鈔，咻地一聲瞬移到店外，非常狼狽地落荒而逃，什麼春意遐想都嚇得拋到九霄雲外。

我的禮拜天……我的男人……我的青春啊！

她差點一路哭回家去，越想越不甘心，不行！這樣太違背自然了。狐妖本來就該夜夜笙歌的，繼續壓抑下去，她覺得自己快要心理變態了。

人類不行，「移民」呢？她心裡燃起小小的希望。不能媚祟人類，這是天界麻煩的規則。但是媚祟「移民」，這總管不著了吧？

雖然她實在不太喜歡「移民」，但事到如今，只要是男的就好了，誰管他是耗子精還是犀牛怪呢？

她匆匆梳妝打扮，奔赴某家頗熱門的PUB。

雖然知道這家空氣不好又吵死人，在裡面亂竄的幾乎都是不太入流的「移民」，但是她再也熬不住啦！繼續叫她當修女，真的不如一雷劈死她算了！

這樣一個又美豔、妖力又高深的狐妖美女往吧台一坐，幾乎惹得全場眾生瘋狂，連酒保都費盡苦心吸引她的注意力。她草草挑選了一下，抓了隻鹿精就往外拖。鹿精雖然知道此去凶多吉少，還是暈陶陶地跟她走了。

根本走不到旅館，在暗巷裡，九娘宛如「惡狐撲羊」，正準備享受暌違已久的男人滋味……

一道光燦燦的閃電猛然一劈，虧她敏捷，往旁邊一跳，這才逃過一劫，但是被閃電尾掃到的鹿精卻被電得半焦，倒在地上抽搐不已。

顫巍巍地轉頭，雷恩氣得頭髮都豎了起來。她終於親眼看到什麼叫作怒髮衝冠……

「他是個妖怪！」她一面奔逃，一面氣急敗壞地大嚷。回答她的是更多的閃電和雷鳴。

天啊！地啊！救命啊……

她幾乎狂奔過半個台北市，好不容易衝進幻影咖啡廳，立刻跑進吧台底下，縮在狐影的腳邊發抖。

狐影無奈地看她一眼，慢吞吞地走到大門口，低聲跟雷恩說了幾句。雷恩惡狠狠的回答，惡毒地瞪了九娘幾眼，這才離開。

在咖啡廳的熟客連大氣都不敢出，何況是笑。雖然說，剛剛九娘含淚奔進吧台實在好笑……

但是你惹得起嗎？一個是天界最強的雷神，一個是人間最悍的狐妖。大家不約而同的摸了摸鼻子，試著將笑聲悶死在喉嚨裡，一時之間，咳嗽之聲大作。

「好啦！他走了。」狐影無奈地拍拍九娘的頭。

沮喪了一整夜的九娘放聲大哭，一把抱住狐影，「我受不了啦！我再也受不了啦！這種日子教人怎麼過呀？」

「喂！不要抱住我……喂！」狐影驚慌地推她，但是已經來不及了……

「轟」一聲大雷，經驗豐富的九娘跳了開來，但是狐影已經被劈到頭髮捲成米粉燙了。

他好不容易才把上次被劈焦的頭髮養回來，怎麼……

「跟妳說過不要抱住我。」狐影差點掉下淚來。

*　*　*

後來管九娘很堅決地將《無號碼顯示來電》那本書給退稿了。

雖然她手下的小編輯紛紛驚呼、惋惜，而且都來抗議過（可見這些女孩子們都懷有不可救藥的浪漫情懷），但是……

對不起，她實在沒辦法接受愛上跟蹤狂這種變態情節！這會讓她想起自己的切膚之痛啊！

她已經被那隻該死的跟蹤狂搞到心理變態了（男人！給我男人！），連朋友都要跑光了（狐影，不要拋棄我……），恨他都快要恨死了，怎麼可能接受情節這麼不合理的恐怖小說啊？

結果稿子才退沒三天，那位作者居然登門拜訪了。

這麼有勇氣的作者不多見了，雖然近日她被雷恩煩得快崩潰，她還是該見見這麼有勇氣的作者。

更何況，他還是個男生。

撲不到，啃不到，看一看總可以吧？

她細細地補了一下妝，滿懷希望的推開會客室的門……工作場合幾乎都是女孩子，偶爾也該讓她看看男人。

猛一看，她深深吸了一口氣，又仔細看看……還不如猛一看。

她滿腔溫柔的激昂像是潑了盆冰水，瞬間清醒了。九娘無語地望著天花板，覺得上天待她太殘忍。

為什麼她是擁有一雙慧眼，專精於破除結界與障礙的管家狐妖呢？

其實，她沒指望看到什麼帥哥。她曾經非常喜歡一個男作家，他擁有很抱歉的暴牙，但是豐富的智慧以及悲天憫人的慈悲胸懷，讓他的面容顯得那樣俊秀飄逸。可惜他的產量少得簡直可憐，三年也見不到他一次。

但是她眼前這一個……讓她眼淚幾乎掉下來。就一個正常人類的標準，他長得很正常，雖然頭大得和瘦小的身軀不成比例，我們還是不該以貌取人。

但是……但是但是……九娘卻很痛恨地發現，這個人的腦袋塞滿了稻草似的自卑和自傲，這讓他的氣質變得很「難吃」。

總體來講，他只能被打上五十五分，這還是禮貌的分數。

他望著美麗的九娘，嘴巴大張著好一會兒合不起來，直到九娘有氣無力的輕咳一聲，他才如夢初醒地行了個九十度的大禮，「管編輯您好。」

「你好。」九娘沒精打采地坐下來，「有什麼事情嗎？」

她好想念那個上半臉帥哥啊……讓她對坐著看一天也不會膩……

「啊？呃？哦哦哦……」他猛然驚醒，只是眼皮沉重，視線只能死盯在向下四十五度角。啊！誘人的起伏啊……「我只是、只是想知道，我、我的小說有什麼缺點，能不能請妳指教？」

先生，我的臉不長在胸部。九娘有些自棄地低頭看看，她的釦子扣得很規矩，再扣就要勒住脖子了。冷靜點，管九娘。她暗暗鼓勵自己，妳不但是個妖力高深的狐妖，還是人稱出版界第一把交椅的精明編輯。

勉強振作起精神（她暗暗地張開結界，省得傷害自己稚弱的心靈），「其實呢，現在的小說雖然說不用文以載道，但也要稍微考慮一下對讀者的影響……」

她非常冷靜貼切地分析了整個出版市場的走向，還討論了他小說中幾個重大缺陷。

尤其是愛上跟蹤狂這個點子……真的很鳥。

「但是網路讀者都覺得我寫得很浪漫！」作者很義正嚴詞地抗議。

啊我說了一大篇，你是聽不懂人話哦？我明明是用標準國語說的。「網路上的讀者無法代表所有市場上的讀者……」

九娘一面按捺住性子，一面拿出最大的耐性跟他說明。

說到口乾舌燥，看他還是沒有告辭的意思，她突然沒力起來。雷恩不是很愛劈雷？怎麼這個時候就不劈了呢？趕緊把他劈個半死，好讓她解脫啊！

最後還是好心的總編進來說要開會，解救了她。

臨行前，作者很慎重地將名片遞給她。上面寫著：「網路知名作家kuonguan」。

「貢丸？」九娘拼著羅馬拼音，不太敢相信地念出來。

「是龔寰！我的真實姓名！」他似乎被激怒了，「kuonguan是我在網路上使用的名字！」

那你名片為什麼不打上去？

「很高興認識你，龔先生。」九娘意氣消沉地揮揮手，「希望早日看到您其他的大作。」

嗚嗚嗚……我要男人……最少我想看看男人，起碼也讓我看個好點的男人……我的願望真的很卑微啊！嗚嗚嗚……

她的傷春悲秋還沒有結束，總編輯又乾笑著請她參加會議。

她就知道那個死老鬼沒那麼好心，真的想來救她。

她有些自棄地坐下來，聽著行銷們的抱怨和編輯群的抗辯。反正會議就是這麼回事，吵吵吵，鬧鬧鬧，爭功諉過，互相指責對方的不是，然後什麼結論都沒有。

真奇怪，人類居然會對這種無用到極點的會議這樣樂此不疲。

吵鬧了兩個鐘頭，大家都累了，鬢角飄霜的老帥總編站了起來，笑咪咪地宣布，要將新設立出來的奇幻書系和愛情勵志系列交給九娘。

她略抬了抬眼皮，「總編，我手上已經有網路小說和言情小說兩個書系要管了。」

總編陪笑著，「啊呀，掛個名咩！反正兩邊的書都有人管了，妳只是看看稿，指定一下方針而已，沒問題的啦！妳辦事我放心。」

說得倒簡單。真的這麼簡單的話，你不會自己兼哦？全出版社都知道，就是總編最清閒，天天都在看書，還看得津津有味。

天知道她都快被桌子上排隊的書稿和公文壓死了。

散會後，她經過總編的身邊，咕噥著，「你真不是人。」

總編大為緊張，「噓……噓噓噓……知道就好，別嚷嚷。」

九娘沒好氣地瞪了他一眼。沒錯，他的確不是人——他是隻五百年修行，成精的書蠹蟲。

該死的傢伙！大家都是「移民」，偏偏他最愛壓榨同類。

幸好她是妖怪，累不死打不爛，但是這麼沉重的工作壓力，還是得讓她這個大狐妖天天喝了蠻牛再上，尋常人類怎麼受得了？跟她同期進來的編輯，不是出國念書，就是告病假逃亡，就剩她一個孤鬼兒……

喂，做到深夜十一點，不給人下班，到底是有沒有一點良心啊？

氣悶之餘，回頭一想，不禁悲從中來。下班能幹什麼呢？可憐她天天受監視，連男人都不好多看一眼……要不是鎮守這棟大樓的地基主還有點道行，擋得住雷恩，她連絲毫清靜日子都沒有……

最少工作的時候，她可以專心一意，用不著去悲傷沒男人這回事。

九娘熱淚盈眶的抱著稿子捨生忘死地工作下去，她這種拚命三郎的精神感動了吝嗇的老闆，居然幫她加了薪（其實只加了三千元，買蠻牛都不夠），還升了個好聽的虛銜——「副總編輯」（工作量只有更多，因為他們總編不食人間煙火）。

當然，不忘塞給她更多的稿子和嗷嗷待哺的作者一大群。

女人多難免八卦多，小氣的女人更多。這個出版集團大大小小的出版組織起碼也十幾個，看她升得那麼快（沒人看到她做得幾乎吐血），流言當然多了起來。有些滿懷「義憤」的女人根據八卦和豐富的想像力，開始寫匿名黑函到處寄送。

現在又是網路時代，e-mail多如狗，幾秒鐘的轉寄，整個出版集團幾乎人手一封電子黑函，唯恐天下不亂的還趕緊補發轉寄給沒收到的人。

她手下的小編輯唯恐她看到，趕緊到處消毒，偷偷幫她刪除電腦裡的黑函。但就是有那種「熱心人士」，透過msn傳給她看。

事實上，她手下的小編輯們都很愛這個豔麗又慵懶的大姊姊，實在不想傷她的心，只能提心吊膽地看著她喃喃念著信裡的內容：「……淫蕩無恥，人盡可夫……」一面紅了眼眶，不禁都難受了起來。

一個小編結結巴巴地試圖安慰她，「不要難過，管姐。我們都知道那不是……」九娘開始掉眼淚，「淫蕩？他們怎麼可以用這麼令人羨慕的字眼罵我？」天知道她已經快半年沒約會了！那次約會她差點被劈死，還跑去福德深厚的人類長者那兒躲了躲才沒死……

她們怎麼可以用這麼令人羨慕的字眼罵我?!

看她哭了，小編輯們更慌，紛紛試圖安慰她，結果有人脫口而出，「我們知道妳跟總編沒有姦情啦！」

什麼？居然還有這種流言？為什麼我要跟一條書蠹蟲有姦情？我有這麼不挑嗎？

她哇地一聲哭得梨花帶淚，簡直要哭倒整棟大樓。

我要男人！我要真正的男人啦！天啊，地啊，給她一個可以啃的真正男人吧……她要受不了了，她真的要受不了了啦！

「狐影，我要男人。」她哭著打電話給唯一的朋友。

「……」狐影沉默地抓抓頭。這個要求對狐妖來說是非常實際的需求，但是對一隻被雷神盯梢的狐妖來說，叫作緣木求魚。「……我試著想想辦法偷渡一個給妳。」

九娘又燃起微弱的希望。隔了幾天，她居然在公司收到一個包裹。看了看寄件人，是狐影。

奇怪，這個包裹說大不大，說小不小，不像是可以藏一個男人啊……難道是什麼法寶可以躲過雷恩明察秋毫的雷達眼，讓她可以找到男人？

她偷偷抱著包裹到洗手間，拆開來一看……猛一看真是嚇一跳，好像是張皺縮的人皮摺成一團。仔細閱讀說明書，越看越傷心。

這是個珍藏版的……男性充氣娃娃。不但如此，還非常細膩地附帶了各式各樣的「成人女性玩具」，除此之外，還有個用腳踩的充氣幫浦。

她放聲哭了出來，「該死的狐影！我要真正的男人！真正的男人啊……」再也沒有人當狐妖比她更悽慘的了。

第三章 編輯不能當太久，會有浪漫不耐症

管九娘有氣無力地看著小編們如獲至寶捧上來的稿子，不到半個鐘頭，她打了第十二個呵欠。

那位貢丸先生又把稿子交上來了。她真的很想誇獎一下，能夠這麼勤奮地在半個月內敲出十萬多字是很了不起的。

而且，還可以把奇幻、言情、不怎麼好笑的搞笑和在一起作成「撒尿牛丸」——對不起，她昨天看了四部周星馳的VCD，有點昏——和在一起寫成一部很用力的「曲折離奇」愛情小說，其實也算是不簡單了。

但是她看兩頁，就得停下來深呼吸。通篇就是不斷地強調「他很專情、他非常專情、他無敵霹靂專情、他專情專到命都不要的專情……」等等。

呃……被這種人愛的女人真他媽的倒楣到極點。

我求求你，我哀求你，你去做點別的什麼好唄？讓女主角透口氣，過點清靜日子好嗎？這樣死纏活纏，被愛上的女人不是活像坐牢？

你高興當獄卒，也得看看女人想不想坐牢！

她真的好想退稿。尤其是看到時序亂七八糟，空行空得一塌糊塗的稿件，她發現自己的文字組織能力又再度受到重創。

天啊，地啊，救命啊！她趴在稿件上面無力動彈。外面一個跟蹤狂兼偏執狂盯梢已經很苦了，為什麼她必須看這種偏執狂兼獄卒寫的神經文章啊？

總編笑咪咪地踱過來，謹慎地用手上的鋼筆戳了戳她的頭。

「別戳！還沒死！」她悶著聲音低吼，說不出有多不爽，「再戳我就抱住你！」

總編驚嚇地往後一跳，皙白的臉孔微微抽動。他道行不高，卻是隻謹慎的「移民」，他已經聽過太多前輩慘痛的傷痕了。

「有……有話好商量！」他連連擺手，「我只是想問看看，妳審的稿子怎麼樣？我聽說在網路上佳評如潮……」

九娘掙扎了好一會兒，不知道要不要昧著良心。「有賣點。」她硬著頭皮回答。

「有賣點？小芳！」總編回頭呼喚小編輯，「快去聯絡作者將他簽下來。」

他高興地搓搓手，九娘雖然脾氣大了些，但是眼光一向是很準的。正因為她的工作能力這樣卓越，所以他才可以安然地混日子。

還有比出版社更適合書蠹蟲的嗎？吃了那麼多書，說是學富五車、聰明智慧也不誇張。

他很懂得用人的。

（是壓榨吧？書蠹蟲總編。）

「那個……九娘啊……」總編滿臉堆笑，拖了張椅子坐在她旁邊，卻非常聰明地離遠一些，「照妳看，這位龔先生的筆名該叫什麼呢？」

九娘脾氣暴躁地將稿子往牆上一摔，非常神準地彈進了廢紙回收箱。她為了市場，砸了自己的招牌了啊啊啊……

「還能叫什麼？」她肝火甚旺，「就叫貢丸好啦！筆畫大吉，好念又好記，還有什麼比這個更好的？走走走，別在這兒妨礙我工作！以後叫小芳負責他的稿子就好，用不著我看了！」

總編摸摸鼻子趕緊溜了，九娘滿腔怒火未熄，只能悶在肚子裡燒。說來說去，都是她那風騷的娘不好！妖怪讀什麼書？她才剛學會走路，她那高張豔幟當老鴇的娘就將她抱在懷裡識字。

識字就識字嘛，偏偏還請了先生教她讀書寫字，念了一肚子不合時宜的文章，識了那些無用處的風花雪月和才學。

養成習慣，害她成了癮，一天不讀個幾本書不能過日子。她就是讀了兩千年的書讀壞的！

什麼文章好，什麼文章壞，一眼就瞧得出來。什麼文章能賣，什麼文章賣不出去，也是一眼就瞧出來。

偏偏好文章賣不掉，爛文章倒是一本出過一本。那個叫作什麼蝶的，寫那種文章是能看嗎？偏偏寫這麼多年也餓不死她，這就夠悶了，現在又出了貢丸！

她是謀殺好文章的凶手啊！

越想越氣，加上太多日子沒接觸到男人的禁斷症候群，讓她脾氣更大，一眼瞥見催稿單上居然出現翡翠的名字，她差點張口噴出狐火。

要知道，在好文章和好賣文章之間，往往沒有交集。翡翠的小說雖然稱不上好，也還看得下去；她們的言情小說系列本來就算是慘澹經營，大牌作家不肯來，小牌又撐不起賣量。

翡翠還算是安全保守的那一種。而且，她交稿的速度是讓人稱許的快。

連這種交稿快是最大優點的作者都跟她拖稿，她這編輯還做得下去嗎？沒男人就很悽慘了，看稿傷害視力、泯滅良心就算了，連小作者都跟她作對……她還要不要活啊？

一面咒罵著，一面撥著電話，「翡翠……」

她的話還沒罵出口，電話那頭的言情小說家已經哇地一聲哭了出來，「管編編……」

九娘腦門一陣昏，不要……不要發生這樣的慘劇……

別跟我說妳寫不出來！這對我太殘忍了！

「管編編，我真的寫不出來……嗚……」

哭若是管用的話，我管妳哭出幾缸淚。若是哭就可以解決「寫不出來」這種鳥問題，妳不哭我都打到妳哭！

「說說看是為什麼呀？」九娘按捺住越趨高漲的火氣，「來，提出來討論嘛！」

結果這個沒用的小作者只是一直哭，一直說對不起，然後……

然後九娘沉不住氣，草草安慰了幾句，馬上掛了電話。

她還不夠煩嗎？難道還要繼續聽孝女白瓊來湊嗎？

過了一個禮拜，她估計翡翠的情緒應該平靜下來了，打電話過去，還是只會哭和對不起，打了幾次都是如此循環……

她真的動怒了！說對不起就可以了事的話，這世界還需要警察嗎？

她抓起皮包，義無反顧地下樓搭計程車。這本稿子再繼續拖沒關係，再拖她就不要了！千萬不要惹怒產生禁斷症候群的狐妖編輯！

忿忿地按了翡翠家的電鈴，好一會兒，眼睛腫脹得像是核桃的翡翠出來應門，把她嚇了一大跳。怎麼？沒多久前她才見過翡翠，那時候還活跳跳的，怎麼三五個禮拜不見，人馬上死了八成？

「妳看起來像是癌症末期。」明知道做人不要太坦白，但她還是脫口而出了。

翡翠的眼淚在紅腫的眼眶打轉了一會兒，哇地一聲又噴了出來。

九娘有些頭疼地按了按額頭，跟著痛哭的翡翠進屋，卻有種奇妙的違和感。是誰在這個小作者的家裡下了禁制？手法很是巧妙，妖氣也強得很……

是怎樣的狠角色到了這都城？居然靜悄悄的，她一點都不知道呢。

但她可是管家狐妖第一。狐妖族裡，管氏遠近馳名，不單有個美魅絕麗、豔倒三界的女族長（正是九娘的娘親，名列聊齋記載內，閨名叫作管寧），更因為管家精通結界與禁制，家學淵博到連仙人都自嘆不如。

設下禁制的大妖很是厲害，人類一無所覺，但是對於各種惡意的眾生來說，不啻是銅牆鐵壁。

但那是對其他眾生，不是她管九娘。

她揮了揮手，像是撥開蜘蛛網一般，進入充滿禁制的小屋內，和繼續噴淚的翡翠相對無言。

是怎樣？不過是個妖怪……難道這就是翡翠交不出稿的主因？搞清楚，這裡是都城，是管理者的城市啊！還有什麼地方的妖怪比這兒妖權更低，隨便就有人出來管頭管尾了？

「乖，跟編編說，妳為什麼交不出來？這種沒腦又驕縱到令人想打死的小孩類型不是妳最擅長的嗎？有什麼事情讓妳煩心呢？」她放軟了口氣，誘哄翡翠說出真正拖搞的原因。

若是有妖怪趕不走……她門路多，還怕找不到誰來處理嗎？

翡翠紅著臉，扭捏支吾了半天，顫著唇，欲言又止，幾乎把九娘的火氣勾上來。

幫幫忙，我知道妳寫言情小說，但是別弄出那種八點檔女主角的死樣子行不行？

她有嚴重浪漫不耐症啊！

「是……是這樣的，我為一個很好的『朋友』煩惱。」翡翠困難地嚥了嚥口水，遲疑了一會兒，「我那個『朋友』，在她家後陽台撿到一隻銀白色的大獅子妖怪……」

她哭哭啼啼地說著，細訴那隻妖怪和「朋友」間相依為命的點點滴滴，以及被獵人追殺以至於妖怪離她而去，卻又冒險回來看她的情誼；說到激動處，翡翠還差點捏碎了杯子。

表面上，九娘不動聲色，但是心裡卻有點納悶。她在都城開闢之初，就已經從唐山過來了，這城裡的幾代管理者、大大小小的眾生，就算不認識也略有耳聞；這妖怪的外觀、容貌，都不像是長年住在都城的妖怪，反而像是她還小的時候見過幾次面的長輩……

這氣，倒是有幾分像的。

但是這個長輩聽說遭了高人的禁錮，也聽說被高僧化了去，皈依佛門修行了，怎麼會讓梵諦岡的狗子們追得亂竄呢？幾時都城又歸梵諦岡管了，說來就來，要殺就殺？

管理者不可能這麼大方的。

她沉思了會兒，看到翡翠淚眼汪汪地看著她，一臉的委屈和尷尬。

「唔……真的是很特別、很感人的愛情故事。」九娘打破沉默，摩挲著下巴，「不過題材太不安全了，所以大概不能排進書系裡面。」

翡翠狐疑地看了她一眼，「……這算愛情故事嗎？」

「加油添醋以後絕對就是了。」九娘揮揮手，「拿根針就寫成棒槌不是作家虎爛的全掛子好戲？咱們先不談這個．妳就為妳這個『朋友』的愛情故事寫不出稿子？」

「呃……這個……妳知道作家感情是比較纖細敏感的……」翡翠吞吐了起來，「不能幫到『朋友』的忙，替她難受一下也是應該的……」

九娘沒好氣地白她一眼。最好是纖細敏感啦！

這年頭當人家朋友怎麼那麼衰？

什麼事都是發生在「朋友」身上的；從蠢到被金光黨騙，一直到抓娃娃，統統都是發生在「朋友」身上。

靠，「朋友」真好用啦！

幸好她朋友不多……也就一個會寄充氣娃娃的狐影而已。

「別說我不幫妳……的『朋友』。」她嘆了口氣，小孩兒家沒見識，這點小事情就慌了。「什麼大事呢？不過是個妖怪的居留權。我指點妳……的『朋友』一條路。妳呢，去找排版的葉舒祈。她算命可是厲害的哩！一定能告訴妳……的『朋友』該怎麼辦。」

這種事情找管理者最釜底抽薪啊。別扯到她就好，管理者大姊還沒原諒她這小狐妖的無心之過呢。

看見翡翠一臉遲疑，她更沒好氣。人類老愛拿頭銜當幌子，若說是哪個裝神弄鬼的大師，大家都會沒命地奔去；說是個排版的……就覺得不可靠。

大隱隱於市懂不懂？如果不懂，去查查妳的辭海吧！

「呿，妳不會想去找什麼廢柴大師吧？」九娘很唾棄地啐了一口，「妳相信我，找到舒祈之後，一定可以解決妳的問題……我是說，妳朋友的問題。不過……」

九娘倒豎起那雙美麗的狐眼，有種超脫人類的美麗和一絲絲令人膽寒的恐懼，「妳若透露是我告訴妳的，我會把妳碎屍萬段，聽到了沒有！」

管理者最近快被工作逼瘋了，早通令天下不准去吵她。指點是可以指點，總不能好心還被雷親……

重要的是，她真的會被雷親耶！

翡翠睜大眼睛，好一會兒說不出話來，嘴巴張成一個渾圓的○型。

「不要提到我的名字，聽見了吧？」編輯真是人幹的？連這種鳥事也得管……什麼命唷！「真是的，害我以為發生什麼天崩地裂的大事，妳連稿子都不交了……」

「編輯。」翡翠吶吶地叫住她。

「嗯？」九娘微偏著臉看她。

「請問你們……我是說，上邪那樣的『移民』……多不多？」

九娘睜圓了眼睛，不太自然地別開視線。這個笨蛋女人！跟妖怪住這麼久了，什麼不好長，偏偏染了些妖氣，神神鬼鬼起來了。

「妳……妳怎麼不去問客家人移民台灣多不多？咕，什麼問題嘛！就算『移民』，我們也是每天上班下班，認認真真地掙口飯吃哦！妳趕快交稿，不要讓我被炒魷魚，我就謝天謝地了。」

她不太自在的走出大門，之前已經若無其事地從沙發底下摸了一樣「禁物」出來。

攤開手一看，是根纖細柔長的銀白長髮。她幾乎確定了，這是大妖上邪的頭髮，擁有悍然霸道的妖力。

沒想到他也到都城來了……

但是關她什麼事情？九娘聳聳肩。她的事情已經忙不完了，還有心思去管誰來都城誰不來都城？她只是個小編輯，可不是舒祈呀。

回到出版社，更多的鳥事等著她。她氣悶地一一處理，還得應付更多機車作者和沒長大腦的部屬……

看著數張小編輯送上來的催稿單，她開始考慮不幹了。這年頭，爛作者的架子大如天，膽敢拖稿兩個月！

「雅美蝶！」她抓起電話怒吼，「妳再沉迷網路遊戲試看看！妳的稿子拖了兩個月了呀！」

「不然呢？」雅美蝶漫不經心地回答，透過電話而來的是網路遊戲的配樂。

不然呢？不然呢?!不然我就去放把火燒了妳的電腦！又不是辦不到……九娘拚命告訴自己要理智，深深吸了幾口氣，突然悲從中來。

媽的，我不只沒有妖權，我連人權都沒了！

「妳再不交稿……」九娘嗚咽起來，「我就去妳家上吊！」

「……怎麼大家都要來我家上吊？」音樂停止了，那個死女人的良心似乎稍微甦醒，「編編妳要來的話，可能需要排隊。另一家出版社的編輯已經先說了……」

……這還有天理嗎？編輯不是人幹的，也不是妖怪幹的啊！

好不容易得到雅美蝶的承諾，九娘抽起面紙開始拭淚。她要辭職，她要辭職！寧可回去青丘之國過著無聊的修煉歲月，也不要跟這起死人類混成一堆了……

一想到天天念經的日子，她反而更想哭。

正氣悶的時候，小芳小心翼翼地探頭過來，「……管姐，綠意來了。」

「她也跟著拖稿?!」九娘跳起來，聲音拔尖好幾度。她還要活不要？連號稱最聽話配合的綠意都拖她的稿……不幹了，她真的不幹了！

「不是不是……她是來交稿的。」小芳被她嚇得貼牆壁，「她她她……她說想親手交給妳……」

原來不是天下作者的良心都讓狗吃了。

她擦了擦眼淚，稍微補了妝。走進會議室，綠意害羞地笑著站起來。

「好久不見了，管姐。」她樸素的臉龐泛著一個小小的笑窩，「這是我嬸嬸寄給我的醃梅子，我吃不完，請大家吃。這是我的稿子……」

她遞出一大疊列印得整整齊齊的稿子，還細心地附上一個乾淨清爽的磁碟片。

九娘感動得差點抱住綠意。若是她旗下的作者都這麼貼心就好了……和綠意閒聊了幾句，九娘的心情也安定不少。

是嘛，會那麼沒良心的作者畢竟是少數。她含了顆醃梅子，酸甜的滋味暈染開來，還有綠意善良的好意。

哎，就是為了這種味道……她實在捨不得離開人間，原本低盪的心情也因此好了起來。

很可惜，沒好太久。

怒氣沖沖的聲音伴隨著撞開會議室大門的巨響傳來——

「為什麼我要用這麼難聽的筆名？貢丸?!管編輯，妳要給我個交代……」

貢丸先生……對不起，是龔寰。他怒氣沖沖地衝進來，看到綠意，愣了一下。好清秀靦覥的女孩子啊！看起來就是很可口的樣子……

難得的好心情被破壞了……九娘有點沮喪。

綠意被貢丸先生盯得有點發毛，她怯怯地站起來，「編、編編……妳有事要忙，我先告辭了……」

不！不要走！妳走了我哪來的擋箭牌？

「等等，」九娘趕緊叫住她，「綠意，還有些事情我們沒談完，等等出去喝咖啡吧！」

她轉頭跟貢丸說，「呃，貢丸……我是說，龔先生。筆名的部分我只是提議，若有什麼不好，請跟小芳討論。很不好意思，我先跟綠意約好的……」

話還沒說完，又有電話找九娘，她只好很逼不得已的出去接電話。火速講完電話回到會議室，綠意帶著驚惶小動物的眼神，看見九娘，趕緊躲到她身後。

……太強了吧？她離開才三分鐘，這位貢丸先生就把綠意嚇成這樣？這年頭的偏執狂動作怎麼這麼快？

一起走出大門，綠意還緊張地拉著九娘的袖子。

「……他對你怎麼了？」雖然不想知道，但是九娘還是問了。

「沒、沒啊！」綠意狼狽起來，「他、他說了一堆奇怪的話……跟我要msn。」

九娘有不祥的預感。「妳給他了？」

「……嗯。」綠意有點想哭，「我、我這個禮拜不會上msn……有事請打電話給我。」

「他到底說了什麼？」九娘實在不想問，但是她總得保護自己的作者。

「他、他有點怪……」綠意也不想重述。她真沒想到這種話有人說得出口，她雞皮疙瘩全體站立了。

九娘停下來，等她說。

綠意掙扎了一會兒，「他說：『在這刻之前，妳不認識我。』」

「然後？」

「然、然後他說……『從這刻之後，我要讓妳永遠記得我。』就跟我要msn了……」

九娘默然地站著，覺得臉頰一陣陣發燒，接著開始發癢。

「管、管姐！」綠意驚駭了，「妳、妳的臉……妳的臉長了好多風疹塊……」

不，這是浪漫疹。九娘絕望地掏出鏡子照了一下。編輯當久了，就會有這種可怕的後遺症啊！就算她是隻百毒不侵的狐妖，也無力抵抗這種過敏。

她真的該考慮辭職了……

第四章　妖魔亂舞的幻影都城

等九娘接到翡翠的稿子，她就知道事情大概解決了。但也就是這樣，她很快把事情丟到一邊，再也不去想。

她這類的小恩小惠施了不知道多少，偶爾還懲戒一下作惡多端、罪貫滿盈的罪犯。

（警察局許多破不了的命案，凶手都讓九娘「遣返」到地獄去了。）

（她真的很堅持，這些泯滅良心、喪盡天良的傢伙，應該是地獄逃出來的逃犯，不遣返留著幹嘛呢？誰讓她各地的門路都熟……）

（管理者雖然不喜歡她，對她這種行為卻睜隻眼閉隻眼。）

不管她做了多少善行，都很堅持地遺忘。一來，她很堅信自己是個遵守傳統、邪祟人類的狐妖，絕對不會做什麼有助修煉的善事；二來，她認為這些舉手之勞不過是一時高興，只是看不過眼順手處理，算什麼呢？

而且，私底下，她甚至認為這樣的不忍是很丟臉的。真正一個冷酷無情的狐妖，根本就不該有這種不忍。

沒辦法，她在人間居留太久，感染了人類的軟心腸，順手幫上一把，晚上才睡得著。這種軟弱還拿來說嘴，太難看了，最好是誰也不知道。

但是居住在都城已久的狐影都知道。就算九娘從來不講，他也是知道的。正因為狐影是個這樣喜愛人間、喜愛人類的狐仙，所以才特別友愛同樣喜愛萬丈紅塵的九娘。

雖然九娘從來不承認這點。

這天，九娘乾扁地踱入幻影咖啡廳，呻吟著在吧台邊坐下。狐影雖然很高興她來，但又擔心地摸摸好不容易用平板燙燙直的頭髮。

「……九娘，妳要不要坐遠一點？」他小心翼翼地問，「那邊沙發的位置比較舒服。」

「你放心，」她臉朝下地趴在吧台上，「我現在已經產生反作用了……我開始討厭男人了……」

這滿像是厭食症的。剛起頭的時候，想吃食物想吃得不得了，但是過了那段時間，餓到一個程度以後，因為極度的渴望和壓抑的激烈衝突，漸漸的，突然對食物產生反胃的情形。

是的，她現在對所有的食物……不對，對所有男人都失去了胃口。

但是，這卻沒讓她的日子好過一點。雷恩對她的恨意與日俱增，她怎麼想也想不明白。

難道她這樣還不夠嗎？為什麼雷恩越來越恨她？每一天，她勉強走出自己家門，都可以感受到雷恩日益恨毒的目光。最委屈的是，她什麼也沒做。

沒有男人沒關係，快把這個跟蹤狂弄走吧……

「陳翩呢？」她有氣無力地問。雖然說，身為一隻東方狐妖跟一個西方天界降生人間的少女求助實在傷了她的顏面，但是這種時候……是管顏面的時候嗎？「問她要不要打工……我願意出所有的財產。」

狐影非常同情地看了她一眼，「陳翩去梵諦岡『留學』了，短期之內大概不會回來……」他躊躇了一會兒，不太放心地瞥了瞥店裡的電腦，「妳還是跟舒祈和解吧。雖然她最近趕工，聽說快要有空檔了……」

九娘呻吟一聲，抱住腦袋。可以和解她也希望和解啊！但是舒祈那種死脾氣……而她又一直不覺得自己有什麼錯。「雷恩若劈死我，她就會插手了。」

只是死都死了，誰還管舒祈插不插手啊？

「舒祈也沒有想像中那麼不通情理。」狐影為另一個摯友辯護，「她表面上萬事不關心，但是梵諦岡直屬的黑薔薇十字軍來都城活動沒有報備，她不知道怎麼得了風聲，還不是嚴厲地派了軍隊把他們趕回去？她一直很公正……」

「除了對我以外。」九娘更不開心了，「我根本沒有做錯什麼，要怎麼認錯呢？再說，我也說了對不起了，不然還要怎樣？殺人不過頭點地，也別太過分了！」

「其實……」狐影小心翼翼地說，「妳看雷恩會這樣……是不是因為……喜歡妳？」

九娘花容失色地站起來，往洗手間衝去，馬上傳來驚天動地的嘔吐聲。

……反應會不會太激烈了點？

等她軟趴趴地爬回來，美麗的狐眼噙著淚水。「你害我的午餐都完蛋了。」真的是，很可憐啊。狐影幾乎要陪著她哭了。「這是我剛烤好的蛋糕，要不要嘗看看？」

「等一等……」常來咖啡廳的石榴花神要阻止，已經來不及了。

想要吃點甜食壓住噁心感的九娘，臉色古怪地放下叉子，不知道該把這口甜到可以殺死味蕾的蛋糕吞下去還是吐出來。

為了唯一的朋友，她直著喉嚨，硬吞了下去，然後這口小小的蛋糕馬上在胃裡造反，害她又慘白著臉衝進洗手間。

石榴沉默了一會兒，嘆口氣，「狐影的蛋糕是可以殺人的……」

全咖啡廳的熟客一起默默點頭。可憐他們已經被謀殺了這麼久。

好不容易拉完肚子回來，九娘嘴唇已經褪得一點顏色都沒有了。「……求求你，去請個專門做點心的師傅吧！」

狐影一定是跟雷恩勾結，巴不得她快死對吧？九娘差點又哭了出來。

* * *

像是悽慘的日子沒有盡頭一樣，更多的苦難重重疊疊而來。

她已經勸告綠意將msn換掉，但是綠意還是花容失色地打電話告訴她，貢丸（是的，龔先生接受了這個筆名）不知道從哪兒找到她的e-mail，天天寫天書般的情書給她。

九娘一面安撫她，一面教她如何將貢丸先生的信件設為垃圾信。

沒多久，貢丸先生又交了新稿來。眾小編輯迷得神魂顛倒，奔相走告，只有她和綠意看過之後默默無言。

故事大綱很簡單，很典型的男生追女生的愛情故事。但是很可怕的是，那個男生在女主角家門口等她（剛認識而已哦），結果等不到女主角的他，每五分鐘就詳細寫下時間和想說的話，貼了滿滿一整面門板的隨意貼。

「管姐！」綠意差點大哭，「千萬不要讓他知道我的地址……嗚嗚嗚……」

九娘很淒涼地回答，「我懂，我完全懂……」尤其貢丸先生寫的那位女主角的容貌長相，完完全全就是綠意的模樣，連名字都音似。

她真的很了解這種對偏執狂的恐懼。她被這種恐懼糾纏了快兩千年，正因為感同身受，她甚至送了綠意一個護身符，效果強大到可以讓貢丸先生兩公尺內看不見綠意的身影。

一面畫著符，九娘深深地感慨起來。枉她稱為三界之內最精通禁制者，她救得了綠意，卻救不了自己。

該死的雷神，剛好就是狐妖的天敵。

為什麼雷恩這樣討厭她呢？想起狐影的「推測」，她的胃不由自主地翻攪起來。

不，她哪敢相信這種恐怖的不實推測？

瞥了眼一進門就討好地叫了聲「管姐」的貢丸……九娘的無力感又更深了點。總編大概是沒業績上報不好意思，居然跟某家影藝公司合作，推薦旗下的作者去寫偶像劇劇本。當然，他老大只負責出點子，賣力苦幹的是她這倒楣的小編輯。

最後出線的是，銷售大紅大紫的貢丸先生。

她雙目無神地凝視虛空，心裡很明白何以貢丸會出線。這位先生若生在三十年前，大約是那種三廳兩院，搭五個布景就可以演完一部電影的名編劇。

無力是很無力，但她還是接了下來。

雖然她真的考慮過要不要抱住他，好讓雷恩乾脆劈死永絕後患……她也可以乘機脫離苦海。

哎，她真痛恨自己有顆不像狐妖的良心和過度嚴苛的審美感。到底她也只是想想而已，沒真的這麼做。

「以後，我就負責照顧你……」她依舊有氣無力，但是看在貢丸的眼底，卻顯得慵懶而撩人。

她一定在引誘我，絕對是的！貢丸挺了挺胸，不無自豪。他知道自己長得不帥，身高又是令人自卑的「不高」，但是看過他的小說的女人，很少記得這些外貌的小問題，都會瘋狂地愛上他。

太受喜愛真是麻煩。他暗暗嘆了口氣。管編，妳真的是很美很美……可惜不是我的型，我還是喜歡靦覥害羞的少女，妳實在太「熟」了。

我還是比較喜歡綠意那樣的……

一想到那個頰上有著羞澀紅暈的可愛少女，他的心騷動了起來。「寫劇本當然沒問題啦，等我寫好送來給管編過目。」他裝得若無其事，「聽說綠意也入選了？她的劇本寫得怎麼樣？」

「……還算順利。」

這樣的資訊實在太少了，他有些不滿意。「呃，管編，我看過綠意的作品了。我覺得滿好的，但是有些小瑕疵……既然我和她都在寫劇本，能不能讓我們切磋一下？妳有她的電話號碼嗎？」

「通常是她打來的。你不妨將電話留下，她若打來，我會請她打給你。」

不給電話？貢丸不滿意地看著九娘。所以說，太被愛慕的男人也是麻煩，管編，實在是妳太「熟」了，別因此吃醋呀。

「或者妳給我她的地址？」貢丸鍥而不捨，「我直接去找她？」

「我只有她的郵政信箱。你要嗎？」九娘輕咳一聲，「就算她的劇本或小說有什麼問題，也是我們編輯的責任，謝謝你的熱心。」

「我只是想幫忙。」貢丸有些懊惱。男人太受歡迎也是慘的。

「我替她感謝你。」九娘覺得自己的力氣漸漸消失，如果她不曉得貢丸想些什麼就好了……問題是，貢丸先生的「心聲」實在響亮到震耳欲聾。

是我錯了，她低頭懺悔。她應該一看到貢丸進辦公室就趕快張開結界的。她悄悄捏了個口訣，趕緊將他的心聲趕出去。

這是有好處的，最少她現在一想起男人，就會想起見面次數最頻繁的貢丸先生，馬上就會意氣消沉，一點勁都提不起來，突然覺得……尼姑生涯也不壞。

正因為她這種哀莫大於心死的平靜心情，所以當小芳難堪地告訴她，貢丸在網路上有部落格，而且還說了一些什麼……

她去看的時候並沒有發怒。

那大概是她看過最無聊的部落格了，充滿了自大、驕傲、幻想。一向禮貌過度的貢丸先生，在部落格上儼然是個君王，把照顧他的編輯、偶遇的女作者、隔壁班的學妹和盲目崇拜他的女讀者……統統納入他虛幻的「後宮」中。

當然啦，也把他震耳欲聾的心聲寫了上去。

她托著腮，看著貢丸用自以為幽默的態度說著熟女管姐是怎樣用誘人的身段引誘，他卻正氣凜然地不為所動……九娘笑了。

雖然有點沒力。

她的惡作劇癖突然「芽」了起來，撥了通電話給勉強算是朋友的夢魔。

「我很忙。」夢魔小姐在人間搞起遊戲設計，三天沒睡的她心情正壞。

「我知道妳很忙。」九娘甜笑，「我介紹妳一個好吃的『餌』，非常虛妄而且想像力豐富哦。」

「什麼？」夢魔精神為之一振，「美味的妄想嗎？」

她已經好久沒吃到夠味道的妄想啦！

「我打包票。」她給了夢魔貢丸先生的地址。

希望你不要精盡人亡啊，貢丸。九娘雙手合十，嘴角噙著美麗卻邪惡的笑意。夢魔讓人發起春夢，可是非常狠的……

她戴上耳機，聽著網路上抓下來的搖滾版往生咒。貢丸哪，我幫你迴向和集氣了，保重啊。

九娘偷偷地笑了起來。

後來貢丸先生銷聲匿跡了一陣子。劇本交得很順，稿子也交得很順，但是每次打電話給他，他的聲音總是有氣無力，氣血衰竭的樣子。

真是的……夢魔也狠了些，就算久未進食，也別把人吸乾了……不過九娘知道，夢魔狠歸狠，卻很謹慎地踏在界限之內，不會真的傷人性命。

進食是一回事，惹怒管理者又是另一回事。

耳根子因此清靜不少，也算是個好消息吧？她原本陰霾的心情因此快樂不少。

只是……你知道的，這都城立都將近百年，許多「移民」都從唐山渡海而來。許多妖族世家或避禍、或求安靜的日子，都齊聚這個魔性都市。

住在這城市，難免要融入「原住民」之中，照樣也要工作、結婚。許多「移民」因此與人類通婚，留下許多潛伏的基因在本來血統就很複雜的人類之中。

所以，這位嬌小的女郎會到出版社來找她，九娘並不是很意外。

*　*　*

她比較意外的是，來說情的女郎，居然很有些道行。雖然不過五百年，卻真的是潛心苦修，根基堅實。更難得的是，她在徵信界還頗有名氣，不是深山隱居的那種。遍染紅塵不沾衣，反而是更為堅貞辛苦的修行，九娘不禁有些敬意。

「我姓朱，朱茵。」她遞出了一張名片。

九娘接了過來，唇角噙著莫測高深的微笑看著朱茵，朱茵也微笑著回望她，兩個「人」都沒講話。

她乃是可以看穿各種禁制結界的管家狐妖，怎麼不知道朱茵的本相？只見朱茵娉婷婷，舉止優雅，穿著精心裁製的手工套裝，卻是那樣低調合宜，纖美的腰肢只得盈盈一握，充滿了纖細感。

這是昆蟲類妖怪的特徵，尤其她身穿的織物絕非凡品。

只聞這位大名鼎鼎得道蜘蛛精的大名，這還是第一次看見她本人。

朱茵也用著敬佩的眼光，打量這位不肯修煉卻妖法高深的狐妖。一雙媚麗的狹長狐眼微微上翹，面含春意不露，幾分慵懶在睫，款款多情在眉，卻又將天生的狐媚收拾得這樣乾淨清爽……果然是屢經雷災猶然悠遊的大妖。

兩個「人」相對無言，只是含笑，沉默中卻帶種謹慎的殺氣，互相刺探對方的深淺。

好些時候，朱茵才輕輕吐了口氣。「小孩兒家不懂事，衝撞了九娘娘。請看我薄面，就饒了他如何？龔家一脈單傳，若失了這點根苗，這叫我……叫我……」說著說著，朱因紅了眼眶。

「朱小姐何必太謙？」九娘微笑著，「照您的道行，夢魔也未必是對手。我還得請您手下留情，饒了夢魔呢。說來是我惡作劇，讓夢魔去祟他的。念在夢魔修煉艱辛，不要太為難她才是。」

這樣不卑不亢，朱茵反而難下手。素來聽聞管九娘是個有情有義、一言九鼎的狐狸精，不如用真情直述，說不定還能得她一些同情。趕跑一個夢魔算不得什麼……誰不知道管家狐妖人面情面極大，三界具有門路？趕跑一個夢魔，會不會又送來更多妖精？

不如軟語解釋開的好。

「九娘娘，」朱茵有些羞赧地說，「小妖不敢相瞞，實在是龔寰這孩子是我留在人間的一點血脈。雖說傳過了數十代，血緣已經非常稀薄，但是要我眼睜睜看著這點根苗沒了，實在心痛難忍……」

九娘摸了摸下巴。她向來聽說，蜘蛛精若與異性燕好，總是會轉頭吃掉異性（這倒是不分同類異類皆如此），若是生下子嗣，也往往轉頭不回顧，讓子嗣自謀生路。

朱茵倒是有些不同於眾。她目不轉睛地看著朱茵，看得朱茵頰上霞紅越深，眼底也滾著淚。

「實在是……他們的祖上與我相戀之後，讓我吃了。哪知吃了他以後，突然感到心痛難忍，這才知道我動了情。他們龔家一脈單傳，就因為我邪祟了他，竟使龔家斷了香火……我追悔莫及，幸好懷了孩兒。含辛茹苦將孩兒養大，這才悔起過往種種，不該貪圖口腹之慾，妄自傷生。

自此因情生悔，因悔入道，這才努力修行，希望可以略釋往日之悔罷了。說是修行，自愧道心不堅，還時時回顧人間這點根苗，實在罪該萬死。若九娘娘能了解我這份微薄的苦意，請輕輕放過我龔家孩兒吧……」

說完，朱茵想起追悔幾百年的失誤，心頭一酸，哭了起來。

九娘原本就心慈意軟，只是不肯承認罷了。人家家長這樣顧念幾百年來的子孫，妳好意思說不嗎？

無人不冤，有情皆孽呀。

「原本就不是什麼大事，」管九娘喟嘆一聲，「他也是我的作者，難道我還真的跟他過不去？不過是略示薄懲，警戒一下罷了。既然朱小姐都來說情了，這點小事還掛懷，就顯得我不識禮了。」

朱茵得她承諾，心頭寬了些。「九娘娘果然寬宏大量。」

「這算什麼呢？」九娘揮了揮手，遲疑了一下，「……朱小姐，妳掛念著人間一點血脈，於妳修行，極為不利。」

這話一下子戳了朱茵的心。她何嘗不知這罣礙妨礙她的修行？但是她成仙要做什麼呢？她修行是為了懺情，為了可以長久留居人間，保住心愛的人一點血脈。

但這狐妖，果然有情有義，不是虛傳的。

朱茵點了點頭，握著手帕站了起來。「謝九娘娘金言。」躊躇了一會兒，雖然她也懼怕雷神……但是這狐妖的恩義不可不報。

「九娘娘，萬物皆相生相剋，不只在五行之內，您可知道？」

九娘有些摸不著頭緒，「哦？」

「我經營一家小小的徵信社，都城內眾生之事皆略有所聞。聽說您為雷神私仇之事甚為困擾……您可知道，大妖上邪來到都城？」

「我知道。」九娘轉思想想，像是看到一線曙光。

「上邪君亦為雷屬。但是眾生相剋，不僅五行相剋而已。」說完，朱茵就告辭了。

她是暗示我，上邪可以替她趕走雷恩？

望著朱茵纖小的身影沒入電梯，有種感激和憐惜的感覺交錯。這都城……不僅僅容納了人類的聚散，也容納了眾生的悲歡。

她走到窗前，看著大樓下螻蟻般的芸芸眾生。到底多少是移民，多少是原住民，從這樣遙遠的距離看下去……

其實沒有什麼兩樣。

也因為眾生皆在此，所以這個幻影般的都城，才有這樣濃重而令人眷戀的氣味。

「明天，我去見見上邪君吧。」她輕輕說著。

窗外下起雨來，切割著玻璃窗，像是為這都城的悲傷，付諸一淚。

第五章　她，不忍心

她睜開眼睛，立刻感覺一道殺人的眼光穿過牆壁，遙遠地盯著她的背。

雖然說，她迎接這樣令人瞬間清醒的清晨已經上千年了，每一天都有種恨不得一睡不醒的衝動。

只是……真的要去找上邪君嗎？她不禁有些遲疑。

她只在孩童時見過這位殘暴的大妖。當時她的娘還是豔冠三界的一代妖姬，在人間開了家叫作「仙家居」的紅樓，除了招徠男人略吸精氣維生，同時也招待人間流蕩的天神地魔。

那時的管寧娘子還年輕，心也還是自己的。往來的眾生無不拜倒在這位狐娘子的石榴裙下，唯有上邪君最是鐵石心腸。

當其他眾生化為人類的外貌扭捏斯文地出現，只有這位曾被尊為神祇，妖力高深、恣意妄行的大妖，用著原本的皮相出現在「仙家居」。一頭銀白的長髮，全身附滿柔軟光潔的閃銀毛皮，像是隻長了張人臉的大獅子，目中無人地喚酒要菜。

他在許多妖女的眼中看起來充滿了魅力，強大到連天庭都畏懼的妖力，優美又強壯的身影，是那樣無情、毫不在乎，一點也不做作，又是那樣的殘暴。像是所有令人傾慕的俊俏男子，這樣地令人情不自禁，又是那麼地可恨。

每次上邪來的時候，就會在「仙家居」引起一場騷動。當時在「仙家居」的姑娘不是山精，就是豔鬼，莫不爭相偷看這位特立獨行的大妖。

年紀還小的九娘還是愛熱鬧的時候，常常跟著阿姨們去偷看。有回偷看的姑娘實在太多了，居然將小小的九娘擠出簾幕。

她跌在地上，狼狽地抬頭，只見一雙精光四射的眼睛，饒有趣味地上下打量她。那眼神居然令她有些發毛。

「妳是管寧的女兒？」他似乎覺得很可惜，摸了摸她的頭，又捏了捏她的膀子、按了按背。「怎麼偏偏是她的女兒呢？」他咕噥著，「哎……那也沒辦法了。過來斟酒。」

她不知道為什麼有些害怕，但還是乖乖拿起小小的凍石酒壺，替他斟了酒。

結果，她那向來氣定神閒的娘，居然鐵青著臉衝進來，好一會兒連話都說不出來，好半天才勉強喝斥她，「誰讓妳到做生意的地方來？先生等妳好久了，還不快去讀書！」

「妖怪的小孩讀什麼書呢？」上邪懶懶地笑著，輕輕拍了拍九娘的頭。

管寧的臉孔慘白了起來，勉強笑道：「孩兒小，頑劣得緊，多少念些書，看能不能弄出點讀書人的酸氣……好在這孩兒還有些天分，四書五經倒也熟爛了。」

「嘖，好好孩兒，讀些腐書弄酸皮肉，這不是糟蹋嗎？」上邪興致索然地揮了揮銀白的爪子。

後來九娘才知道，上邪喜怒無常，若是得他看中，管他神魔妖靈，人類牲畜，一把撈來吃了再說。就有那種自恃天魅的天界仙姑，摸到他房裡想求燕好，沒想到讓他一把抓來下了酒，吃了！

管寧仗著上邪對她有三分尊重，還算能保得一樓姑娘平安，也是這些小妖小魅上邪看不上眼。但她的女兒是怎樣的人物？

若不是管寧的面子還可以，怕這孩子只剩一堆碎骨了！

管娘子發著抖罵了女兒一頓，又恐懼地將她抱在懷裡。從這個時候開始，九娘才真正害怕起來。

真的要去找上邪君嗎？

她遲疑起來……呆呆地坐在床上，還是有些取決不定。

等她走出大門，突然驚跳了起來。一張帥臉的大特寫杵在她門口，讓她跳了起來，貼在牆上不斷發抖。

那……那是雷恩的臉啊！他他他……他以前還遠遠地跟蹤，為什麼現在貼到家門口來了？

這棟大樓的地基主會不會太不夠力啊？

她化作一道清光火速逃逸，經過管理室的時候，對著地基主揮拳大吼：「沒用的廢柴！等我回來拆了你的廟！」

大樓的地基主是個年輕人，委屈得要命。「……也要我有廟可以拆呀！難道妳不知道地基主是榮譽職，連勞健保都沒有，還想要有廟嗎？」

*　*　*

九娘花容失色地招了輛計程車，緊急坐定，只覺得心頭狂跳。別別別鬧了！就算別開玩笑了！

她對上邪君有些疑懼，比起雷恩……

突然覺得上邪君和藹可親多了。最少他可以講理，雷恩不行。

這年頭，怎麼神比大妖還不講道理啊?!

她來到翡翠家門口，深深吸了口氣，勉強自己平靜下來，按了電鈴。

翡翠探頭出來一看，很明顯的，馬上後悔了。她瞪著九娘，不知道該把門關上，裝作沒人在家，還是硬著頭皮接受事實。

九娘冷冷地看著翡翠的心虛，心裡很知道，這死女人稿子一定沒寫完。

「呃……有什麼事情嗎？」這麼冷的天，翡翠滿頭冷汗，「親愛的編編，我想我拖稿不是最嚴重的吧？我知道小綠綠比我拖得還嚴重，妳該先去她家看看才對。她家很漂亮哦，而且她煮的小點心很好吃……」

九娘鐵青著臉看她，這個女人……連自己同出版社的好友都出賣了！人類哦……真受不了！「我就是喜歡來察看妳的進度，怎麼樣？快讓我進去。」

可不可以說不要。她的進度還停在第一章的第一行，距離交稿日已經過三天了……

翡翠欲哭無淚地讓九娘進門，呆望了她一會兒，突然驚跳起來，「等一下！」她趕緊攔住九娘，「呃……我房間很亂……給我一點時間，一點點就好了，編編妳先在客廳坐一下……」

不用裝了……我知道妳的房間裡有個妖怪。九娘無可奈何地抱著胳臂，腳在地上不耐煩地打著拍子。

緊接著房間裡傳來大小聲的爭吵聲，九娘越聽眼越瞇，每個字她都聽到了，這還算是掩飾嗎？

「妳真的很煩耶！」上邪的怒吼幾乎衝破房門，他義無反顧地將門一拉，「不變了！就這樣，她要昏倒也是她家的事……」

「我不會昏倒的。」九娘有氣無力地靠在房門外。

「編編，我可以解釋……」翡翠張目結舌了一會兒。

九娘沒好氣地看她，最好是妳可以解釋。

「妳是怎麼進來的？」上邪瞇細了眼睛，毛髮幾乎都豎了起來，「妳不該來這裡，我已經下了禁制。」

千年不見，九娘眼尖地看出來，上邪身上有舊傷。但是這傷卻不能限制他什麼，他依舊是那個橫行霸道，恣意妄為的大妖，只是有些奇異的氣氛，讓他顯得沉穩許多。

她揉了揉僵硬的頸項，那裡因為上邪強烈敵意的妖氣感覺刺痛，「上邪大人，我姓管。」

上邪狐疑地看著她，勾起遙遠而模糊的回憶，「妖狐管家？專破禁制和封印的那一族？」仔細看了她一會兒，「妳是管九娘？」

這麼長遠的歲月……他居然在這孤懸海外的小島，和故人相逢。

過去的他一定一點感覺也沒有，但是現在的他……卻有種嶄新而不習慣的情感萌生出來。

九娘發現到這點，雖然訝異，卻多了幾分把握。

「是，我就是。」她嘆了很長的一口氣。

反而是翡翠張目結舌地看了她好一會兒。事到如今，也瞞她不得，九娘無奈地解釋，「我知道妳一定很難接受這個事實……是的，我也是『移民』。」

「不是那個，」翡翠心不在焉地揮揮手，「編編，我第一次知道妳的名字欸。管九娘？好古典啊！」

九娘怔怔地看著這個神經很大條的小作家，「我當妳的編輯那麼久，妳現在才知道？第一次見面我就給過妳名片啊！」

「年久月深，我名片不知道塞哪去了……」翡翠縮了縮脖子，聲音越來越小。

那她還叮嚀翡翠別告訴舒祈自己的名字做啥？翡翠連她的名字都不曉得！

「妳去死吧！」九娘怒吼出聲。

「不好意思，我家翡翠的腦細胞不太健全……」上邪有些丟臉地拍拍翡翠的腦袋。

「當她那麼久的編輯，這個事實我早就知道了！」管九娘扶了扶額頭，覺得太陽穴一陣抽痛。她總有一天會被作者們活活氣死。

難怪編輯們普遍有胃潰瘍！無腦作者這麼多，妖怪都撐不住，何況是人類？

「喂！你們不要同意得那麼一致好不好？我只是有人名健忘症，這難道不能被原諒嗎？」翡翠很不滿地辯解著。

只是，兩隻妖怪很一致地賞她兩個白眼。

「有什麼事情？」上邪很跩地雙手環胸，「小小妖狐也敢踏到我的家門破壞我的禁制？妳不知道這樣可能會觸怒我？」

「是我的家門。」翡翠虛弱地抗議，但兩個妖怪誰也不鳥她。

「上邪大人……若不是有過一面之緣，我真的不敢來打擾您。」九娘長長地嘆氣，她今天嘆氣嘆得很頻繁。不過她是個有義氣的妖怪，很理性地沒把朱茵供出來，「或許您不記得了，那時我還是個孩子……」

「我記得。」上邪趕緊打斷她，神情有些狼狽，「別提那些了，到底有什麼事情？」

九娘看著上邪的狼狽，又望望翡翠……啐，她雖然不曾動心，到底也狐媚千年，識得這種氣味。真意外啊……從來冷冰剛硬，對妖女天仙不假辭色的上邪君，居然傾心於一個平凡的人類？

更好的是，這個人類是她的作者之一啊！

看上邪君這樣躲躲閃閃，大概她掌握到上邪一個遙遠的弱點了。

「上邪大人，是這樣的，你知道妖狐每千年都要躲九雷之災。我已經躲過了……事實上，雷神要找我麻煩，還得千年之後。」

「哦？妳已經兩千歲了？時間過得真快啊！當年的小女孩現在也長大了。」

九娘顧不得旁邊張大嘴的翡翠，「剛滿兩千歲不久。但是我的九雷之災卻躲了五次。」

正在喝茶的上邪頓了一下，狐疑的望過來，「……五次？這不正常。天界和妖界的協定不是這樣的吧？」

誰都知道不正常吧？她真是想哭都哭不出來，「我也知道不正常。但是有個雷神就是死盯著我，逮到機會就對我劈雷……」

說到這個她就爆炸了，「老天！我已經拋棄身為狐族的自尊，現在都過著修女般的生活了！連跟男人約會都沒有欸！反正這個都市充滿了魅惑的氣息，也夠我生活下去了。潔身自愛到這種地步，那個違反天律被革職的雷神還跟蹤我，我的精神都快崩潰了……」

「就是跟著？」上邪不太起勁，呿，跟蹤狂也要他出手？他又不是管區，「只要妳沒把柄給他抓到，我想他也拿妳沒辦法。」

「人有錯手．馬有失蹄嘛……」九娘心虛地回答，「總是有意外的時候……」她有些悲從中來。為什麼我要心虛？我是狐妖，天生就該魅祟男人啊!!

「哦？妳把男人拐上床，吸乾他的精氣？」上邪打起呵欠。

「沒有啦！」九娘大聲抗議，「只是接吻而已啊……」若是真的吃到了……或許她不會這麼悲怨。

問題是她沒吃到什麼呀！

「然後乘機吸乾他的精氣？」上邪掏掏耳朵。

「也沒有！是他自己要把精氣灌過來的，我只是意思意思收一些下來……那個男人又沒死，休息個幾天就好了啊！但是那個雷神就追著我死劈雷……」

想到那次簡直會發抖，她拚著所有道行挨了一雷，被打出原形，若不是躲得快，大約魂飛魄散已久。

「狐妖那麼多，他要維護世界和平，幹嘛不去找別人麻煩？別的狐妖還開應召站，他倒是都不管的，就抓著我不放！」

狂抄筆記的翡翠插嘴，「聽起來……那個雷神愛上妳了？」

「看到鬼！」九娘破口大罵，胳臂上的雞皮疙瘩一顆顆爬起來，「妳寫小說寫壞腦子了？哪個神經病會這樣表達愛意？」

「編編，這題材不錯欸，讓我當下一本的大綱好不好？」翡翠興致勃勃地提議。

她旗下的作者……只會想把她氣死就對了？「不好！」九娘凶她，「妳把別人的災難當啥啊？妳趕快去寫稿！妳拖搞多久了？想挨揍啊？快去寫！」

把垂頭喪氣的翡翠趕走以後，九娘用著求救的眼神望著上邪。

「這種事情我幫不了妳。」上邪懶洋洋地吃著小餅乾，「我看妳去找舒祈那女人比較快。她跟三界關係都好，天界跟我沒交情……」

九娘心頭一冷。完了，若是上邪君不幫忙，她就算不被雷劈死，也會得憂鬱症。

「……能找舒祈，我會來麻煩您嗎？」她美麗的眼睛憂愁起來，瞥見一旁窮寫稿的翡翠，計上心頭，壞心眼地笑了笑，「您也看在曾到我母親的『仙家居』作客的份上，我母親對您可是……」

這招果然奏效。

「停停停停停！」上邪漲紅著臉打斷她，「……妳這該死的狐狸精！」

「仙家居？那是什麼地方？」翡翠好奇地拿出筆記。

「呿，妳不寫稿偷聽我們說話？去去去，快去寫！」上邪像是在趕雞一樣拚命揮手，壓低聲音對九娘咬牙切齒「管九娘！」

九娘眨著美麗的狐眼，很無辜地看著他，心裡幾乎笑翻過去。是了，她的確掌握到上邪君的弱點了。

只見上邪狼狽地拔下幾根銀白的頭髮，幻化成精緻美麗的項鍊，「拿去！先給妳防身，我找機會跟雷神『談談』。」

萬歲！我出運了！我出運了！

接過了項鍊，九娘笑瞇了眼睛，頰上誘人的笑窩若隱若現，「謝謝您哪，上邪大人。您放心，我不會把『仙家居』的事情……」

「快滾！」上邪沉不住氣，「我可不是只會吃人，妖的味道也不錯的！」

九娘立刻起身告辭，強忍到下了樓，才在騎樓放聲大笑。太、太好笑了……那麼神氣的上邪君，居然會愛上一個女人，愛到怕她會知道一千多年前，他老大曾在紅樓流連的事情！

無人不冤，有情皆孽，連神氣萬分的大妖都逃不掉！

九娘頓時感到神清氣爽，回頭看到跟蹤著的雷恩，居然心情很好的對他笑了笑，讓雷恩嚇了一跳，有些狼狽地別開頭。

太爽了！

她知道，上邪君固然殘暴無情，卻一言九鼎。他說會幫她解決，就會「解決」得很徹底。

太棒了！可愛的男人——我來了！

*　　*　　*

第二天，九娘心情特別好地去出版社。

當然，她知道雷恩還在跟蹤她。不過跟就跟吧……反正你跟也跟沒多久了。摸了摸上邪給她的護身項鍊，她很有把握地在路上走著，甚至敢對路上的男人笑。

身後的雷恩幾乎霹哩啪啦地冒出雷火，但是九娘不但不害怕，反而充滿了報復的快感。她大大方方地轉過身，嬌媚婉轉地對雷恩說，「承您護駕，我到了，免送。」很優雅也很囂張地對他擺擺手。

她發誓，雷恩的怒火一飛沖天，幾乎衝破雲霄了。痛快！痛快！數千年的怨氣終於出清。

這一天，她脾氣特別好，甚至還能夠溫柔地對來拿書的貢丸笑，害得貢丸兄差點一頭撞在柱子上。

只是，當與上邪爭鬥失敗，滿身焦黑的雷恩衝了進來時，九娘還是勾起根深蒂固的恐懼，身體僵硬到無法逃走，在滿屋子尖叫聲中，眼睜睜看著雷恩幾乎劃開她的喉嚨……

護身項鍊閃爍，像是千百萬瓦的雷電貫穿了垂死的雷恩，他絕望地慘叫一聲之後，像是死了一樣動也不動。

「叫警察！快，叫警察！」整個辦公室騷動不已，有哭的，有叫的，九娘僵在椅子上，望著這個執著可恨的宿敵。

現在她可以動手了。可以讓這個該死的傢伙消失在眼前……

只要一點點力量……只要施一點點力。誰也看不出來，這個該死的傢伙就會真的死了。

但是她遲疑了。雖然她也不知道自己為什麼要遲疑。

身為一個魅祟的狐妖，她比誰都明白愛恨之執。雖然她不曾真正地愛戀，但是……她同情。

不，她並不是不明白，只是不想明白。或許，她知道雷恩為什麼死跟著她不放。

她同情身為一個剛正的神祇……卻分不清「恨」與「愛」的界限的雷恩。

她雖然未曾動心，卻也為他這種可恨的執著動容了。

這種軟心腸一定會害死她的……雖然明白，卻沒有辦法。

混亂中，化為人類的上邪觀察了她一會兒，「妳不殺他？」

「……下不了手。」

相對無言了片刻，上邪的神情漸漸悽愴、沉靜。

「我在人間待太久了……」上邪喃喃著，「心腸也被無聊的情感腐蝕了。」

他抓起奄奄一息的雷恩，化作一道清風消逝。

九娘呆呆的坐著，身邊的混亂和她似乎沒有關係，她只是呆呆的，坐著，直到警察問了她好幾遍，她才突然哭了出來。

「我、我……」她突然有強烈的失落和遺憾，突然有點害怕雷恩真的死了。「我不知道……我什麼都不知道……」

她，並不想傷害任何人，即使是個想殺她的笨蛋雷神。她沒有資格當個了不起的無情狐妖。

這種認知，讓她很傷心，很傷心。

*　　*　　*

後來，她沒去問雷恩怎麼樣。

經過這樣的重創，雷恩應該會設法養好傷，或許需要幾百年、幾千年才能夠讓法力完全恢復吧？何況，上邪君會罩著她，脖子上的護身項鍊也還很忠誠地執行任務。

（連狐影好奇地摸摸看都被電個半死）。

她跟雷恩的恩怨，也該放下了。她向來是個心胸寬大的狐妖。

（這絕對不是指她的胸圍很偉大。雖然是事實。）

午休吃飯看電視，放下那些傷眼睛的稿子，真是偷得浮生半日閒……難得她的心情宛如雲破月開，雖然驚嚇過度，短時間內還提不起興趣去找男人。

一口紅茶差點噴在電視上面，狼狽地擦擦桌子，瞪大眼睛看著螢光幕上的「偶像」。主持人不斷盛讚這位冰冷冷的偶像有一雙十萬伏特的電眼……

這不是廢話嗎？

他是管打雷的雷神啊！

「請問你有心儀的對象嗎？」主持人被電得暈頭轉向，滿頭冒小花小愛心。

「當然有。我會進入演藝圈，就是為了希望她看見。」深情款款地從螢光幕望過來，「管，我想通了。我愛妳。」

九娘無力地趴在桌子上，深深的懊悔不已。

當初應該賞他個痛快的！

他……居然活蹦亂跳地留在人間當移民？還是在相同的都城中？天哦……

救人啊！不不，救妖啊！

第六章 雷恩愛的大冒險

自從想通以後，雷恩覺得他的「神生」豁然開朗。

為什麼要否認呢？連上邪這樣天界忌憚的大妖都可以理直氣壯地愛著平凡的人類，為什麼他不能愛管九娘這樣美豔的生物呢？

事實上，他愛著管已經好久好久了！

只是他不斷地否認，不斷地告誡自己，他是驕傲的神族，怎麼可以、怎麼可能愛上卑賤的妖怪？不斷否認自己的心，不斷的跟著她，就是為了要挖掘她醜惡的一面……

但是他看到的是一個溫柔心慈的狐妖，默默地做著神祇都做不到的悲憫人間。

越壓抑，反而越熾熱；越否認，卻越狂野；越想殺了她，反而更愛她。

既然都已經失去回天的可能，為什麼他不能夠，不能夠坦白地面對自己的心？上邪雷霆萬鈞的一擊雖然差點要了他的命，卻也把他打醒了。

（……這算震撼教育嗎？）

他默思潛修了幾天，發現沉重的傷勢好了許多，雖然要恢復往日水準需要上百年的修煉，但是行動已經可以如常了。

他要追求管，讓管真正成為他的人！

主意打定，他筆直闖入姻緣司在台辦事處。

正在「幻影婚姻介紹所」（是的，這就是婚姻司在台辦事處）喝著午茶偷懶的樊石榴，被如旋風般闖進來的雷恩嚇得噴了一桌子的紅茶，驚魂甫定地貼在沙發上，「雷雷雷……雷神大人！小小小小妖的千年還沒到……」

樊石榴雖說是花神，畢竟是木靈修煉成仙，懼怕九雷已經成了根深柢固的觀念，嚇得語無倫次也是自然的反應。

雷恩沒好氣地瞪她一眼，「妳修煉成仙都多少年了？還小妖勒！我問妳，這海島的婚姻都歸妳們管是吧？」他很大剌剌地坐下來，「把我和管九娘的紅線綁在一起！」

……說綁就綁，你當麻繩綑螃蟹喔？石榴回思一想，不禁悲從中來，「……雷神大人，說是說歸我們管，但是人類都不太鳥我們了，您覺得……管家九娘娘會鳥我們嗎？」

一片秋風掃落葉，幻影婚姻介紹所如許淒涼。

「呿，」雷恩不耐煩起來，「難怪是天界業績最差勁的單位。」

你以為我喜歡？石榴真是欲哭無淚。這年頭的眾生都不結婚了，何況人類？她也是卯足全力拚業績啊！

雷恩想了想，紅線綁不成，總是要加深九娘對他的印象。他想起人類的提議，或許久居人間的管會吃這套？

「那讓我去當偶像吧。」他指著電視機，「我要怎麼進去電視裡頭？我試過進入，但是結界實在太堅固，進不去。這是什麼咒法？需要怎樣的觸媒？」他邊說著，邊上上下下摸著電視機。

「不不不，不是進去電視裡頭！」石榴尖叫起來，「停手停手！啊啊啊啊……雷神大人，我們沒有預算買另一台電視機啊——」

在她的慘叫聲中，雷恩帶著的猛烈靜電讓電視激發出一聲巨響，然後冒出裊裊青煙。

我們唯一的娛樂，唯一的電視機啊……以後怎麼看卡通？怎麼看日劇啊？石榴真的要哭了。

「雷恩大人，你……」她帶著哭聲，「你怎麼會突然想要當偶像？」

「我想讓全天下都知道，管是我的。」雷恩正色地說，「偶像不是一天二十四小時都在電視上出現嗎？這是最好的方式了，也有人類這樣建議我……」

……是哪個笨蛋人類出這種鬼點子？她一定要讓他討不到老婆或嫁不到老公！我們的電視機啊……

「當偶像不用進到電視裡。」她垂淚了，「但是當偶像不是那麼簡單，何況您是有大神通的雷神……人類又很脆弱，碰碰就死了。萬一這樣……管理者是不講情面的。」

這他懂。雷恩有些不悅，難道他看起來這麼笨？他當然明白要在人間生活得盡量不去觸怒管理者。「我會盡量當個人，依足人間的規矩。快讓我去當偶像！」

你這天界剛來不久，什麼都不知道的笨蛋！石榴腹誹著。看了看冒煙的電視機，又有想哭的衝動。要當偶像是吧？就送你去黑暗的演藝圈好好的脫層皮吧！

「我先打個電話……」她擦了擦眼淚，拿起電話。

電話那頭又吼又叫，「你們是笨蛋還白痴啊？這種CD封面敢拿來給我看？要做出那種『來買我！來買我啊！』的封面才對啊！快拿回去重做！」吼完了這才脾氣很壞地對著話筒大聲，「喂？隆基影視。」

「老李，不用那麼大聲我也知道你事業做很大。」石榴眼淚汪汪的，「我推薦個人給你當偶像。」

李大製作人很踐地往椅背一靠，哈了一口菸才說話，「唉！石榴，我知道妳們姻緣司業績很悽慘，但犯得著兼差兼到這邊來嗎？再說妳們那幾個小姐，美是夠美了，欠了點媚氣啦！除非是狐妖狸精，不然我不收啦！妳記得喜兒那隻野雞嗎？她要來人間發展我都不收了，何況是妳們……」

誰要去讓你這老傢伙剝削啊！石榴在心裡暗罵。「李大製作人，我們無知鄉民，哪敢去你那兒兼差？實話對你說，沒有三兩三，哪敢上梁山？自然是推薦一個雷光四射的超級潛力新人給你……」

「是誰呀？」李大製作人傲慢地問。

「雷恩。」

倒抽一口冷氣，李大製作人馬上掛了電話。

石榴馬上乘勝追擊，一撥電話，發現電話中。最好是電話中……你當我樊石榴是什麼樣的人物？

她非常強制地插撥，「老李，你最好接電話。不然我就轉告雷恩……」

「我接了！我接了！」李大製作人氣急敗壞地拿起話筒，「妳剛說什麼？」

「我說……」石榴充滿報復的快感，「雷恩要去你們影劇公司當偶像。」

「妳說什麼?!」

「你沒聽錯，」否認是沒有用的，「就是那個因為追著管九娘亂跑，被革職貶下凡間，依舊一身神力的雷神雷恩大人。」

「妳說什麼?!」李大製作人的慘叫充滿了絕望。

「不歡迎？」石榴誇張地嘆口氣，「既然如此，我就這樣回報雷恩大人了……」

「等等等等一下！」李大製作人出了一身冷汗，「有、有話好商量嘛！我有這樣說嗎？沒有咩！只是妳知道，我們影劇公司又小又破，不入流啦！怎好委屈雷恩大人？是說小廟住不下大菩薩……」

石榴心裡冷笑，「哎唷，李大製作，您這話就太客謙了。誰不知道對台辦事處就您那兒業績最興隆？實話對您說，雷恩大人想通了，決定當個萬人迷的偶像去追求管九娘。」她特別在「管九娘」三個字上面加重語氣，「不歡迎就說一聲咩！我相信雷恩大人一定可以體諒的……」

可以體諒就見到鬼了！李大製作的臉孔刷地慘白。若是為了一時興起，或是其他阿撒不魯的原因，雷恩可能會體諒。但是關係到管九娘？

為了那隻狐狸精，他連神都不幹了，二十八星宿聯合說情讓他發雷趕了回去，心宿狐還捧著燒焦的尾巴跟他訴過苦……

他小小一個梨園陰神，是擋得住他啥呀？

「我……我……」李大製作氣勢都枯萎了，「我真是受寵若驚……歡迎他的加入……」他以後還有好日子過嗎？還想有太平日子過嗎？

「不要勉強呀！」石榴冷笑了起來。

「哪兒話？怎麼會呢？」李大製作差點掉淚，「需要我去接他老人家嗎？」

「我會將他送去的。」石榴看著還在冒煙的電視機，微笑地說，「李大製作，我推薦了這樣有潛力的新人，您總該謝我一下吧？」

謝妳的大頭！妳把災星扔到我這兒來，還要我謝?!但他還是唯唯諾諾，「我們窮公司，哪有什麼您看得上的謝禮呢？」

「真是太客氣了。也不用多，來台電視機就好了。剛剛雷恩大人摸它幾下，它就炸了……」

天啊，摸幾下就炸了電視？他的攝影棚啊……等等一定要去加保火險和意外險。

「電視機？電視機小事咩！」他硬著頭皮，「要多大的尺寸？」

「五十吋就好了。」石榴馬上獅子大開口。開玩笑，她總得討些精神賠償不是？這死老李嘲笑她們姻緣司這麼久了，有仇不報非君子。「若是送台PS2來就更好了。記得啊，我們要舊版改過機的，新版的PS2容易燒機……」

「樊石榴！」李大製作發作起來，「妳會不會太……」

「我要跟雷恩大人說唷。」

李大製作馬上氣餒了，「是是是，馬上送去馬上送去！」

掛了電話，李大製作將臉埋在掌心好一會兒，馬上翻箱倒櫃找黃曆。今天是什麼狗日子？將來接電話得先翻過黃曆才行！

＊　　＊　　＊

提心吊膽地接過了燙手山芋……他是說，接了雷恩來。本來以為雷恩一定很難相處，一定會抓著他猛劈雷，救火車天天都來攝影棚救火……

很意外的，雷恩居然非常安分、聽話，很認真的學習如何當個偶像。

他突然覺得花出去的那台五十吋大電視機和PS2不是太虧。

試著幫雷恩灌CD，雖然因為雷恩壓抑不住的靜電燒了他幾套錄音設備，但是灌出來的CD蘊含了雷神天賦的強大電力，聽到的人無不為之一震，深深地被震撼。

加上他那雙十萬伏特的電眼，即使不會搞笑不會跳舞，也不跟著蠢節目跳火圈走鋼絲的……但雷恩居然漸漸走紅，成了一代閃亮的偶像明星。

因為雷恩這樣聽話安分，從來不搞緋聞，連帶他的人類經紀人都對他讚不絕口，非常專心地要捧紅他。

只是，那天他接受訪問，居然不照稿子，直接對管小姐表達愛意，害經紀人氣得猛跳。

偶像歌星有心儀的對象，那還賣得出去嗎？緋聞是偶像的致命傷啊！

不過，神奇的是，雷恩這番神祕的告白居然在歌迷間引起「專情浪漫」的狂熱討論，歌迷羨慕這位管小姐，同時又為了雷恩的深情瘋狂。網路上還出現「尋找管小姐」的轉信活動，簡直把雷恩的人氣炒到最高點。

經紀人告誡雷恩不可輕舉妄動，但也告訴他，「你現在真的可以說是偶像明星了。」

但是雷恩卻滿臉憂鬱，「我比較想追求管。怎麼辦，力哥……」讓這位人類經紀人帶久了，他很習慣性的依賴，「我已經公開表達了我的愛意，但是她還是摔我電話。」

什麼？真的有這回事？不是宣傳手法？殷力呆了好一會兒，「……你說的是真的？你真的為了那個姓管的女生想當偶像？」

雷恩被問得糊里糊塗，他點頭。「當然是啊。有人建議我……試著當個人……不是，是建議我當個偶像。」

既然管喜歡人類，那他就盡量學習當個人類。但是他又不知道自己該做什麼，既然有人類建議，他當然就試看看。

但是告白之後，他鼓足勇氣打電話給管，卻被九娘一傢伙掛了電話。

「……但是好像沒有什麼用。」他深深沮喪了，「我以前真的很對不起她……但是我又不知道怎麼追求女生。她生氣也是應該的……我覺得，我當偶像似乎沒什麼意思……」

殷力動容了，他在這個染缸似的演藝圈已經很久了，不知看過多少外表清純、內含禍心的角色。爾虞我詐、荒淫無恥變成常態，他記不清是從什麼時候開始，遺忘了這種單純的心情。

雷恩現在紅了不是嗎？到處都是他的海報，排行榜高掛著第一名，通告、劇本如雪片般飛來，他完完全全的紅了。

但是這個有著魅人電眼的帥哥偶像，卻念念不忘一個他深愛的女子。

著著實實的，這個老江湖感動了起來。

「追女孩子真的沒什麼難的。」他拍了拍雷恩的肩膀，「你知道，投其所好嘛！

你先查查她喜歡些什麼再說……既然得罪過她，送點小禮物陪不是就好了。別怕，力哥罩你！」

聽起來滿有道理的。雷恩想起他還在天界的時候，常常有仙姑天女送他東西。雖然說收的時候有些尷尬，但是有些小禮物還真的讓他暗暗開心了一下。

但是，要送什麼呢？吃的？用的？玩的？他從來沒有追求過女孩子，這方面的經驗等於是一張白紙。

他向殷力求救，這個追女高手很仔細地思考了一下。「一開始不要送得太名貴，你若一下子就送了鑽戒，那不是把底牌都打出來了？再說，女孩子收到這種昂貴禮物反而會嚇一大跳，潔身自愛的會更厭惡你，會喜歡的又是愛慕物質的……反而不好。

你不如送點她喜歡吃的，若是可以，盡量送到她公司去，她還可以分給同事吃，順便做公關。追女孩子啊，要全面性作戰，只要跟她有關係的人都要一網打盡，寧可花點小錢，也不要讓她周圍的人覺得你小氣不知禮數……」

力哥真是有經驗，「聞君一席話，勝讀十年書。」

「哪裡哪裡，一些親身的經驗而已，不算什麼。」殷力是很謙虛的。

雷恩有這樣的軍師，信心大增。但是該送些什麼好呢？他不曉得九娘愛吃什麼。

「力哥，狐狸喜歡吃什麼？」在大賣場躊躇了好一會兒，雷恩還是打手機求救了。

「狐狸？」殷力愣了愣，「你養狐狸？哦，好小子，你真是開竅！是你的心上人養狐狸吧？哇靠，我只叫你去巴結她的同事，你倒是連她的寵物都巴結上了！有慧根有慧根！我想一下……」他轉頭去問企畫部的，「欸！你們知道狐狸喜歡吃什麼？」

啊？呃，管本來就是狐狸精呀……

過了一會兒，殷力回到話筒，搔了搔頭，「……沒人養過狐狸欸。油豆腐？」他不太有把握地說：「我看漫畫都說狐狸愛吃油豆腐。」

「油豆腐嗎？」雷恩很認真地抄下來，「好，我去買。」

「記得附上道歉的卡片。」殷力殷殷囑咐著。

「我會的。謝謝。」收了手機，雷恩覺得，自己似乎能夠明白九娘為什麼這麼喜歡人類了。其實大部分的時候，人類都是很可愛、很熱情的。

他到了生鮮部，將所有的油豆腐都買下來，而且還問：「請問油豆腐能不能寄貨運？」

這還是頭一回有人要求寄油豆腐勒！「……我問一下經理。」工作人員講了好一會兒的電話，有些迷惘地抬起頭，「經理說，我們可以叫低溫宅急便，但是需要外計費用。」

「錢不是問題。」雷恩很大方，「可不可以把這張卡片附在一起寄過去？」

可以是可以，但是，把香噴噴、粉紅色的卡片附在油豆腐裡？在大賣場工作久了，真的什麼人都有啊……

「請填寫一下單子。」

填完了單子，雷恩懷著興奮又快樂的心情回到隆基影視。他是個聽話又安分的偶像，非常乖的住在公司配給他的小宿舍裡。

這一夜，他睡得非常好。

但是隔了兩天，一箱冒著寒氣的低溫包裹被送了回來。打開一看，裡面只有一張白紙，用紅色麥克筆寫了血淋淋的幾個大字，看得出來，寫的人氣得發抖，娟秀的字跡有點扭曲。

你當我是日本狐狸精嗎?!你在侮辱我嗎?!

裡頭是原封不動的冷藏油豆腐。

雷恩看了看紙條，茫然地搔著頭，「啊？狐狸精還有分日本和本土的嗎？那中國的狐狸喜歡吃什麼呀？」

送禮，真的是很艱深的學問……

第七章 雷恩愛的大冒險II

油豆腐作戰失敗，雷恩再次向他睿智的軍師求救。

「欸？她的寵物不吃嗎？」力哥很詫異。

雷恩支吾了一會兒，不知道怎麼回答。「……她說中國的狐狸不吃油豆腐。」

「她有回信給你？」殷力精神為之一振，「哎呀，有反應就是好反應。瞧瞧，她終究還是回信了呀！」

雷恩想到那張如血淚般控訴的「血書」。

也算……吧？

「我想，她還是比較喜歡精氣吧……」雷恩喃喃自語。但是要他抓個男人給九娘？他怕一時衝動，馬上開了殺戒。

萬一這樣，他就不能留在人間了。

「精氣？」殷力一臉迷惑，「是香精吧？女孩子就喜歡香水啊、化妝品啊這類的小東西。送化妝品其實很不智，又貴又不知道她慣用什麼。香精好，泛用性高。既然她喜歡這個，去買就好了嘛！我記得有個朋友是做香精生意的……你去找他吧。」

咦？咦咦咦？人間還真是什麼都有，什麼都賣，什麼都不奇怪啊！連精氣都可以賣？怎麼賣啊？握著力哥給他的名片，雷恩懷著非常不可思議的心情，跑去找這位「精氣販賣商」。

只見一個頭髮花白的老先生，愛理不理的抬頭看看他。「買香精？」他搬出一大盤標了標籤的小小瓶子，「挑吧，這是聞香瓶。」

雷恩拿起來一聞……啊，是精氣沒錯，卻是植物的精氣。但是這精氣……實在很稀薄。

「我不要這一種。」雷恩放下瓶子，「這些都混了一種很刺鼻又不自然的雜質。」

老先生這才仔細地看了看他，眼中有種強烈的情感一閃而逝。「那你看這種怎麼樣？」他掏出一只深紫得接近黝黑的小瓶子。

雷恩接了過來，嗅聞了一下。「這個不錯。但還是有點兒奇怪的雜質……」

老先生擦了擦眼鏡，仔細看了看這個俊秀得有些冰冷的帥哥。他熱愛香精一生，從香精還默默無名時就鑽研於此，直到香精成了時髦玩意兒，他不自願地成了界中翹楚。

但是這些人……我呸！他們懂得什麼是香精？當他捧出最純粹的香精時，他們都嫌棄不夠香，「不純」。他們要買的是混雜了化學毒藥弄出來的假香精……誰還會去體會樸素的雋永？

原本他輕視這個家喻戶曉的偶像，但是他目光銳利到讓他吃驚。以貌取人，是他這個老香精迷錯了。

他對著雷恩點點頭，「我明白了。拿這種東西來敷衍行家，是我錯了。」彎下腰，他打開書桌的保險櫃，轉了很久，才捧出一小瓶色如琥珀的香精。

雷恩還沒聞到味道，就吃驚地脫口而出，「是檀！」是非常古老的香氛……雖然對他的年紀來說，還是年輕了點……

但是他在人間呢！居然聞到天界類似的香氛，他有些激動，突然陷入鄉愁中。

老先生鬆了口氣，眼眶有些發熱。這瓶珍貴的千年檀香他保存許久，原以為除了自己再也沒有人發現它的美好……居然在暮年得到這樣的知音人。

「你拿去吧。」老先生慎重地遞給雷恩，「再也沒有第二瓶了。但是……香精委屈地待在瓶子裡，沒有人欣賞它的香氣，那它的存在意義是什麼呢？」

雷恩要付錢，老先生堅持不收，一定不收。「這種虛偽的年代……誰還會去欣賞香精真正的價值？錢算什麼東西！你拿去吧，這香精可以除穢去邪氛，一定對你有幫助的！」

雷恩滿懷感激地收了下來，發現老先生身體裡有些陰晦的影子。

他買東西是一定要付出什麼的。悄悄地，他趁老先生轉身的時候，將那影子抓了出來，用潔淨的雷火悄悄燒掉。

在他無心的善意下，老先生原本不久人世的癌細胞，被燒了個乾乾淨淨。他覺得莫名其妙，醫生也覺得莫名其妙。

連準備來迎接他的死神都莫名其妙。

只是老先生一直沒有忘記那個識得真檀香的偶像帥哥。不喜歡看電視的他，甚至會為了看看雷恩而打開電視，有種奇妙的溫和會在他心中蕩漾著。

* * *

得到了那瓶奇特的檀香，雷恩真的很興奮。他小心翼翼地將檀香包了起來，還特別跑去便利商店寄宅急便。

這麼濃重的精氣，九娘總該喜歡吧？他懷著興奮又緊張的心情將禮物寄出去。

他知道，他不能再去跟蹤九娘，這只會讓九娘更討厭他，但是，他真的好懷念當初跟著她的時候……可以盡收她的一顰一笑。

等待是如此焦躁。

他按捺不住的使出天眼，隔著非常遙遠的距離，屏息地窺看——看著忙碌的九娘匆匆地簽收，然後拿出那瓶檀香……

她跳了起來。但不是高興的那種。

她將檀香火速往桌上一扔，然後像是尾巴著火似地狂奔出去，一面跑，她的臉孔和手臂不斷冒出柔軟的狐毛，砰地一聲，她將自己鎖在洗手間，看著漸漸露出原形的手發怒。

她很想對著遙遠的雷恩比中指……但是狐狸的前肢要豎起中指是很困難的事情。

○○××的！她居然被打回原形了！這樣她連想要化成清光逃走都不能了！

我的妖力啊啊啊啊——

從這天起，據說管編輯狂拉肚子，待在廁所整整一天，然後告病假了快一個禮拜。

後來，雷恩也收到九娘熱烈的回應……

一包厚得像是書的信，很沉重地送到他手裡。雷恩不知道九娘這麼博學，懂得三十幾種文字的——髒話。

他愛上了一隻多才多藝的狐狸精。

＊　＊　＊

「香精作戰有沒有成功？」看到雷恩一大早就出現在攝影棚，殷力很爽朗的跟他打招呼。

好現象！這孩子真是認真，就算是偶像，也是個認真的偶像，從來不需三催四請，早早就到攝影棚背劇本。演技爛歸爛，但是真的很認真學習。

他不只是個偶像，還會成為真正的明星。

雷恩放下了劇本，落寞地搖搖頭。「……她不喜歡。」

「不喜歡？為什麼？」殷力吃了一驚，他還沒遇過這麼難搞的女生。那個香精商賣的可是頂級貨，價格貴得讓人眼珠子掉出來欸！據說那個老傢伙不知道為什麼很喜歡雷恩，還送了珍藏已久的超級頂級貨。

為什麼會不喜歡？

為什麼？這很難回答……那厚厚一大「本」的回信罵了不知道多少字數的各國髒話，勉強歸納起來只有一句話。「……她不能碰檀香。」

「哎呀，那麼多種香精，怎麼剛好不能碰這個？過敏嗎？有沒有很嚴重？」

該怎麼說……過敏嗎？也算是吧。「……她一個禮拜不能去上班。」

這麼嚴重喔……殷力悲憫地看著雷恩，只覺得他的身影籠罩著深深的憂愁。唉！他這條情路真是坎坷到了極點，連他這個老油條都深深同情了。

「總還有辦法可以想的。很抱歉，幾乎沒幫上什麼忙……」殷力溫和地拍拍雷恩的肩膀，心裡是有些愧疚的。

「力哥已經很幫我的忙了，」雷恩嘆了口很長的氣，低頭繼續背劇本。「我再想想看好了。」

若是他脾氣壞些，又嚷又叫又跳，或許殷力還好過點，這種死小孩他應付多了，駕輕就熟。但是雷恩實在太乖、太聽話、太單純了，這反而讓殷力不能裝作沒看到。

是該替他想些辦法啊……

「雷恩，該你的鏡頭了！」導演扯開大嗓門，對著雷恩招手。

這是雷恩出道以來的第一部偶像劇。說坦白話，他演得很爛，這部偶像劇的導演脾氣又是出名的壞，殷力剛接下這個工作時，一直很緊張地陪小心，也告誡雷恩萬事要忍耐。

沒想到，他多慮了。

這個出名壞脾氣，甚至跟不少演員打過架的導演，不知道為什麼，格外容忍雷恩的僵硬青澀。或許是發現雷恩冷漠外表底下的單純和認真吧？導演嗓門還是大，但是會很認真地教雷恩怎麼走位，怎麼面對鏡頭，怎樣做表情。

一個禿頭肥肚的老男人做出那種懷春少年或少女的姿容是很可笑的，但是雷恩一次也沒笑過。他和那些輕浮的青春偶像不同，反而很認真地揣摩，試著演出來。

「導演教你的時候，你千萬不能亂笑。」雖然真的很好笑，你也要憋著啊，雷恩。

「笑？」雷恩茫然地抬起頭，「為什麼要笑？導演很認真地教我怎麼工作，不是嗎？」

殷力張著嘴一會兒，看雷恩一臉認真嚴肅，他突然有點了解導演為什麼對他和善了。「導演嗓門是大了點，但他並不是要對誰凶……」

「他的嗓門有大嗎？」雷恩更茫然了。在遇到九娘之前，他是天界年年拿勤勉獎的雷神。他工作認真嚴肅，雷公老大那樣凶狠狠的大嗓門，他都沒怕過。

導演的嗓門不大呀！（比較起來的話……）他只是想把工作做好，而雷恩也只是想把工作做好。就算他不明白對著攝影機傻笑、假哭有什麼用意，但這是他的工作，他就該做得好好的。

如果他做不好，上司要輪起燈架砸他的頭，他也會乖乖站好讓他砸。因為他選了這份工作，在不幹之前，導演都是他的上司。

他比較訝異的是，導演只是在心裡想想，嘴裡罵一罵，就把這種念頭壓下去，沒真的付諸行動。若是在天庭，雷公上司早就老大不客氣地拿起雷鎚砸他的頭了。

導演已經很溫和了啊。

尤其是今天早上，他知道自己的表現不太好，但是導演雖然狂怒，卻還是按捺著性子「指導」他。

（如果說一百分貝的叫罵算是指導的話……）

「卡卡卡卡！」導演暴跳起來，「我問你！你到底戀愛過沒有？」

不過就是一場簡單的戲嘛！女主角罵了男主角一頓，要他不要再跟著她，然後大怒跑掉，男主角露出傷痛的表情……

就是這麼簡單！但是這豬頭偶像居然呆著臉像木頭一樣！

「……我愛著一個女孩。」雷恩呆了一會兒，漸漸的，表情變得悽楚，「但是她不愛我。我……我也不知道要怎麼表達我的愛意，讓她喜歡我……」

「不、要、動。」導演的聲音放低，拚命招著後面的攝影機，「你現在對著攝影機想……噓！別開口。只要想著那個女孩，想著你想怎麼看著她……」

「但是，」雷恩有些不知所措，「她不在這裡。」

「你豬腦啊！」導演咆哮起來，「就當作是練習啊！難怪你追不上她……你總會想要怎麼看著她吧！你總會想要注視著她，你不知道此刻無聲勝有聲啊！」

注視著她？他是想啊！他是想無時無刻注視著美豔的九娘。注視著她淡漠的慵懶，有些厭世的嬌笑……想要注視著她，生生世世都看不厭。希望她不要別開眼光，不要逃……

能夠對他笑一笑，真心地笑一笑……

雷恩的眼神慢慢地變得悽楚、悲傷，然後變成渴望和痛苦。他專注的注視讓整個攝影棚的人都屏息了起來，幾乎要停止呼吸。

短短只有三、五秒的鏡頭，就訴盡多少心中事……這是多麼精采的演出！

「卡。」導演緩緩舉手握拳。整個攝影棚靜悄悄的，沒有人說話。

這一幕真的太有感染力了，所有的人都深深被震撼。那是多麼令人難以忘懷、魅力四射的表情！

「砰」地一聲打破了寂靜，攝影機居然冒出裊裊青煙，脆弱的攝影器材禁受不起雷神專注的電眼，爆炸了。

「哇啊啊啊……」導演抓著所剩不多的頭髮，「老天啊，你太殘酷了！你怎麼可以這樣對待我？這是難得一見的佳作啊！快快快，快看底片怎麼樣了……天啊！天要亡我了……」

「對不起！」雷恩愧疚地想撞牆，「都是我不好……我把工作搞砸了……」

「你很好，你開竅了！」導演匆匆地對雷恩豎起大拇指，「你會變成大明星的！攝影師！平常叫你保養不保養，現在機器炸了吧？快救底片啊！」

開竅？我開竅了？雷恩摸不著頭緒的愣著。

經過了天翻地覆的努力，終於確認底片無恙。導演和被罵得臭頭的攝影師都鬆了口氣，放映出來的時候，每個人都對著螢幕屏息，感動依舊。

「好小子，你會有前途的。」導演友善地丟了罐啤酒給雷恩。

雷恩雖然不太愛喝，但是他在人間也有一小段時間，慢慢習慣這種友善。

導演倒是滿心的感慨。若不是為了生活，誰會想要接這種爛劇本、爛電視劇？為什麼女主角要那麼倒楣，愛上那個鬼鬼祟祟的跟蹤狂？編劇的腦子一定有病，聽說他在網路上大紅大紫……

網路上那些年輕人的腦子也有病！

但是這爛劇本卻挖掘出這孩子的演戲天分，也算是件好事。他已經很久沒看到稱得上演員的明星了……

這孩子無疑的有這種潛力。

「不會吧？你只有這樣不成功的戀愛經驗？」導演嗓門挺大地嚷著，雖然是友善的。「你別跟我講，從來沒交過其他女朋友。」

「我只要她。」雷恩回答得很簡短、很肯定，表情甚至是聖潔的。

導演定定地看了他一會兒，心裡模模糊糊地勾起熟悉又陌生的情感。在很遙遠的時刻……他也年輕過、愛過、哭過、單純過……

這個中年男子突然眼眶一熱，低頭默默抽菸。瞥見殷力經過，他大著嗓門掩飾情感，「老殷，你們管新人不要管得沒一點人性！戀愛也不給人家談是怎樣？」

「天地良心，我們哪有這麼不通人情？」殷力苦笑，「他要追的女孩子不容易討好……」

殷力簡述了雷恩的兩次失敗，導演一直默默抽菸。

「不是管不好，」雷恩低低辯解，「是我不好。我之前傷害她太深了，她討厭我也是應該的……」

兩個老男人因為他的單純，陷入往日青春的回憶與哀愁中。

「這個嘛……」導演慢慢地開口，「既然是陷入這樣的絕境，當然只能置之死地而後生。你知道吧？當個偶像生命有限，但是有實力的偶像就不一樣了。你是可塑之材，」導演對他點點頭，「但是人生的經歷太淺了。你要知道，人生如戲，戲如人生啊！女孩子對絕對戲劇化的人生是沒有抵抗力的。」

他頓了頓，「你有沒有決心去演一場你最重要的戲呢？」

「戲？工作嗎？」雷恩聽不懂了，人類真複雜。

「讓你成為更有實力的偶像，就是這場戲！」導演指了過來，「你只要她對吧？」

「對！我只要管！」被導演的熱情感染，雷恩勇敢地喊出來。

「那就交給我吧！」導演重重地拍了拍雷恩的肩膀，「這會是你人生最重要的一場戲！」

*　*　*

最近九娘過得很倒楣。

她滿身的狐毛終於褪掉了……都是那瓶該死的檀香害的！她被那瓶千年檀香打回原形，差點就遮掩不下去了！之前的油豆腐只是讓她覺得被辱，這瓶該死的檀香簡直讓她冒火了！

雷恩是怎樣？恩怨都過了，何必處心積慮的害她？非把她害死不可嗎？想當初……早知道就賞他個痛快算了！

她真是恨透了自己的軟心腸。

走出公司大門，她緊張地四下張望。方圓十里內沒有雷恩的監視。雖然知道他不再跟蹤她了，但是這種心理傷害因為雷恩的「禮物」，反而更讓她神經兮兮。

看起來是安全的。

提心吊膽地走上紅磚道，她必須步行五分鐘左右才會到達捷運站。

走著走著，捷運站就在眼前，她正要走過去的時候，突然有種危機感籠罩了她……

有、妖、氣！

她驚慌地火速張開結界，抬頭一看……只見一片沉重的「血海」潑了下來，嘩啦啦像是下雨一樣……

她讓不計其數的紅玫瑰花瓣攻擊了！結界雖然擋得住妖魔神靈所有法力帶來的傷害，卻擋不住物質啊！

張著嘴的九娘，不小心讓花瓣飄進了嘴裡，她驚慌地呸呸呸吐出來。老天！這玫瑰花是撒了多少農藥啊？真的可以毒死妖怪！

她的頭、手、皮包、鞋子，幾乎都被這種充滿農藥的玫瑰花瓣入侵了，樣子說有多狼狽就有多狼狽。

這到底是……為什麼會……她是聽說過，倉頡造字，天雨粟，鬼神哭。但是她只是小編輯一個，也沒寫出什麼驚天動地的大作……

為什麼天雨會充滿農藥的玫瑰花瓣啊?!

正驚慌的時候，只見一輛廂型車緊急煞車停在她旁邊，雷恩鐵青著臉衝出來，提著大約有她半身高，大把到需要雙手合抱，同樣也是充滿農藥的玫瑰花束……

天啊，雷恩還是想殺她嗎？因為舊恨？還是因為那封三十幾國髒話大全的信？她害怕得全身發抖，突然好想就地找掩護……

她應該隨身攜帶避雷針出門的。

「九千九百九十九朵玫瑰，」雷恩俊秀的臉孔猙獰得像是要吃人，「代表我對妳無窮的愛意。」

九娘全身僵在原地，像是被蛇瞪的青蛙，動彈不得。當然，也根本聽不懂他說什麼。呆著臉，接過那捧塞到她懷裡的玫瑰，沉重地晃了兩晃。

只是她對浪漫嚴重過敏的體質，混合著對農藥的排斥，開始在臉上手上脖子上浮現大塊大塊的風疹。

不過雷恩看不見，因為九娘被遮得只剩一雙眼睛。

「我愛妳！」雷恩咬牙切齒地喊著，「請妳原諒我之前的種種不是。」

他說什麼？九娘只覺得全身的風疹塊浮得更多更急，似乎伴隨著劇烈的發燒。

雷恩很帥地拿出一根長長的旗桿……九娘倒抽了一口冷氣。來了！慘了慘了……

他要劈雷了，他要趁現在劈死我了！

只見迎風一展，旗桿上面飄著長長的旗幟，上面寫著——

請原諒我，管。我只是因為太愛妳。　　雷恩然後他跳上停在路邊很久的哈雷機車，扛著那隻迎風招展的大旗，風馳電掣的在都城的大馬路上飛奔。

不知道是玫瑰花上的農藥，還是因為強烈發作的浪漫疹，九娘翻了翻白眼，抱著玫瑰花昏倒了。

他果然還是想殺我的——暈昏前，九娘模模糊糊地想著，只是這種方法更有效率一些。

第八章　封天絕地

管編輯已經兩個禮拜沒來上班了。

據說她上次狂拉肚子之後，得了莫名其妙的怪病，病了一個多禮拜。好不容易病好了，上沒幾天班，又在回家路上受了一場很大的驚嚇，慘遭愛慕者的玫瑰花攻擊，又病倒了。

這件事情鬧得滿大的，甚至還上了報。原本群情憤慨的編輯群，發現該名愛慕者居然是當紅的青春偶像，突然胳臂統統往外彎，一致覺得是很浪漫的事情。

（既然很浪漫……妳要不要接受一下農藥玫瑰花的洗禮？不是帥哥就有特赦權啊！）

但是管編編病成這樣，總得去看看她是不是？說也奇怪，當動念想去探病的時候，總是會有做不完的事情，或者是走到門口突然一陣迷糊，就這樣直接搭車回家了。

再不就恍惚依稀記得誰誰去探望過了，改天再去探望就好了……

事實上，同事們不知道，九娘佈下了堅固的禁制，範圍擴大到整個都城，禁止任何人去探望她。

人類嘛，對抗不了這種禁制。眾生嘛，又憐憫她這次受到的巨大心理創傷，不去違背她的禁制。

但是她唯一的好友實在看不下去了。

「妳這樣躲要躲到什麼時候？」打了幾次電話都是答錄機，狐影實在沉不住氣，上門來抓人，「拜託，他又不會真的拿雷來打妳！」

「不要拉我的棉被！」九娘有些歇斯底里，鑽進棉被將自己埋起來，「我寧可他拿雷來劈我！最少我不會長疹子，也不會高燒不退……」

「讓我看看妳病得怎樣！」狐影努力地拉著她的被子。怕是滿怕的，搞不好又會被善妒的雷恩劈得滿頭米粉頭……

但也只好認了，誰讓他是這隻小狐狸唯一的朋友呢？

「不要不要！」九娘死命抵抗著，「你快給我出去！我不能見人了，我再也見不得人了！」

她放聲大哭，一時失神，居然讓狐影扯走了棉被。

狐影張目結舌地看著梨花帶淚的九娘——她原本妖豔美麗的雪白臉孔，長滿了大大小小的風疹塊，幾乎沒有縫可以放針。

「……妳腫得像是豬頭一樣。」狐影知道不該說，一個不小心，居然說出口。

九娘哇地一聲，趴在棉被上面號咷。狐影翹首望著天花板，告誡自己千萬不能笑。你看九娘這麼悽慘，身為朋友，應該滿懷同情心才對。

但是那天雷恩扛旗遊街，儼然是都城眾生的大八卦、大新聞，連他這個應該淡漠自持的狐仙都偷偷去看了……

一看到九娘的花臉，他馬上破功，噗地一聲笑出來。

九娘馬上滾著哭號，邊哭邊罵狐影沒良心。

使盡百寶，說了七八卡車的好話，又花了他最珍貴的一整瓶解毒清心丸，還耗費了他數年的道行……這才讓九娘的疹子退了些，漸漸止了哭泣。只是還抽抽噎噎的，看起來很可憐。

唉！她畢竟只是隻小小的狐狸而已。

「……我想，還是找個機會跟雷恩面對面說清楚吧。」明知道當這個調解人吃力不討好，但狐影實在不忍心。

雖然滿好笑的就是了。

「我不要！」九娘嚇得往牆角一縮，「狐影，你去跟他講！我和他橋歸橋路歸路，一點關係也沒有！我不要看到他，我不想看到他！」

「不是不想看到他就會沒事的……」狐影頭痛起來，「一勞永逸不是很好？」

「我不要我不要！」九娘又大哭起來，好不容易退掉的疹子又冒了出來，「他還是想殺我啦！只是這種方法更有效率……早知道就給他一個痛快……我要回家、我要回家！我回去當尼姑算了！」

「妳要回去修行？」狐影嘆了口氣，「如果妳肯認真修煉，那也是好事一件。但是妳要知道，雷恩沒有大罪，等天帝氣消了，可能又會將他召回天界。照妳的慧根……修仙很難嗎？天上人間，你們總是會碰頭的……」

……意思是說，她怎樣都甩不掉這個禍根？一思及此，不禁悲從中來，哭得更大聲了。

狐影只覺得耳朵嗡嗡叫，心裡暗暗叫苦。

他成仙前原是情種，專愛一個人類數百年，終究死別，他也一慟入道。之後認識的知交幾乎都是女性，近年還收了個人類嬰孩做養女。只是他的女性朋友個性都冷靜淡漠，連他的小養女狐火也沉著穩重，不管是眾生還是人類，都恬靜得有些離塵，少了點人味。

他會這樣關懷友愛九娘，部分原因也是因為……這小狐女擁有濃郁的人味兒。

但是現在又嫌她太像女人了，哭到他腦門漲痛起來。

「好了、好了……」他試圖安撫九娘，突然一陣強烈的地鳴，幾乎讓他們站立不住。

他和九娘面面相覷，知道這不過是很小的地震。但是眾生都本能的知道、同時也被深刻影響，這不是普通的小地震。

凝神傾聽著虛空，九娘停止哭泣，「……又來了。是裂痕嗎？」

狐影不知道該點頭還是搖頭，只能沉重地嘆口氣，「終於要封天絕地了。」

九娘有些訝異。她雖長留在人間，但是母親管寧留下的人脈深厚，她多少也聽父執輩提過。

古神魔大戰，禍延居中作為通道的人間，人類幾乎因此死絕。最後神魔簽訂了停戰協議，撤回各自的疆土。雖說已協議如此，但是神魔各有私心，紛紛開闢了各式各樣的通道通往人間。

大戰之後，三界的接壤已經受到嚴重的傷害，哪堪這樣你也開通道，我也開通道？脆弱的接壤發生了幾次大崩壞，仗著女媧等大神的努力，才將接壤修復，平安了萬年。

但是年歲已久，當初的修復工程漸漸侵蝕、損壞，加上因為過多又繁細的通道，讓接壤脆弱得宛如沙上的城堡，隨時都有毀滅的可能。

三界息息相關，共榮共枯。若是接壤崩潰了，不要說人間，這可是神魔兩界都一起傾覆的大危機。

談要封天絕地已經很多年，但是遲遲未曾付諸行動。

只是這兩年，人間已經出現了若干異變。氣候改變、四季模糊，溫室效應越來越嚴重，臭氧層的破洞越來越大……

若不是天界也發生了花朵枯萎，宮殿無端崩塌種種異象，也沒辦法下定決心真的封天。

「真的嗎？」九娘訝異了，「談了這麼多年，真的要封了？」

「眾神歸天……不可駐留數大都城以外的城市。」

「有封跟沒封不是一樣？」九娘有點不滿，「真要阻止接壤崩潰，就要徹底封鎖所有通道啊！還留幾個大通道不封，那有什麼用處？」

「這很複雜啦！」狐影搔了搔頭，「跟妳說妳也不懂。」

「是啦！」九娘沒好氣，「誰跟你們這些神神祕祕的天人一樣？滿肚子彎彎曲曲的肚腸。」

她沒有發現，一旦轉移了注意力，她的疹子就不藥而癒了。

（其實她是隻單純的雙子座狐狸精？尚未證實，只能暫且存疑……）

「……妳的疹子退了。」狐影無奈的將鏡子遞給她。

「真的欸！」九娘攬鏡訝異，「狐影，你的藥真厲害……雖然你的甜點可以毒死神仙。」

「那是你們不懂得欣賞好不好？」狐影翻了翻白眼，想告訴她，不是他的藥厲害，實在是九娘轉移了注意力，一時忘記「雷恩」這個過敏原，不用藥也好得起來。

浪費了他珍貴的藥和法力啊……

「不去跟他談也行，好不好？」狐影舉雙手投降，「需要這樣龜縮著不見人？妳家老編快把我煩死了。九娘，咱們同在人間，就要依足了人間的規矩。上不上班，總是要有個交代。悶不吭聲縮在家裡算什麼呢？妳聽我的勸……」

看看悶悶不樂的九娘，他搔搔頭。「總之，妳先好好想想。真的想休息，還是去辭職吧。我得回去了，上邪那傢伙只顧悶頭做點心，是不會幫我招呼客人的……」

上邪君！

九娘像是突然看到一線曙光。是呀！她怎麼忘記了這個妖力強大的大妖?!這個因為愛上人類女子而留在人間的大妖，居然立志想當個合格的移民，第一份工作就是九娘幫他找的。

她怎麼就忘了這個強而有力的擋箭牌呢？

「狐影，等等我，我換個衣服。」她笑得這樣甜蜜媚人，卻讓狐影毛骨悚然，

「我跟你一起去咖啡廳。」

「……妳該去出版社，而不是我那兒吧？」狐影退了幾步，下意識地按住自己筆直的頭髮。

「上邪君在你們咖啡廳當點心師傅不是？」九娘笑吟吟的，「我有點事兒找

他。」

＊　＊　＊

九娘到了幻影咖啡廳，就直接到廚房找上邪。

上邪因為愛上人類女子，所以也安分的在人間當起「移民」了。不但如此，他還認認真真地負起一個「男人」的責任，非常專業的在幻影咖啡廳當點心師傅，賺錢養家。

坦白說，九娘覺得這種浪漫比較真實，而且不會引發浪漫疹。

只見九娘走進廚房，聲音嬌媚而輕俏，上邪的回答倒是暴躁如雷鳴。咖啡廳的客人都停下交談，伸頭探腦地想要聽聽看有沒有什麼八卦。

可惜九娘的結界實在太堅固，他們聽到的也只是模糊的聲調而已。

不一會兒，上邪臭著臉走出來，用力將圍裙一甩，「請假！他媽的……我就知道狐狸精都不是什麼好東西！」

九娘滿臉笑意，豔光四射得令人無法逼視。她像是解除了多年來的重擔，撲到狐影懷裡，用力在他頰上啵了一個響吻，「謝謝你啦！老朋友。」

狐影呆若木雞的站著。沒錯，現在是沒雷劈下來。但是明天呢？後天呢？那個該死的雷恩可是很會記恨的啊！

「就跟妳說別吻我啊！」狐影一腳把她踢出大門，「別再來啦！」

他交友不慎，誤交匪類到這種地步……真想仰天長嘯。

正沒好氣，看到天界來的不速之客，更沒好氣了。「我不是說過，我不會回天界嗎？」

穿著合身西裝，身材挺拔如少年，有著整齊的白鬍子，容貌酷似史恩康納萊的老者，笑咪咪地拿著一個公事包，一副脾氣很好的樣子。

「狐影君，您不再考慮一下嗎？」老者溫和地勸著，「天帝有令，十日後封天。所有沒有奉飭令的神仙皆要回天覆命，不然就回不去了……天帝很是懸念您，要老兒特別來請您回去……」

「太白星君，」狐影盡量按捺住性子，他向來敬重老年人，「那是沒有奉飭令的天人。我是奉飭令在都城鞏固通道的，留在人間名正言順，又何必非要我回去不可？」他瞥了一眼，「星君，您又不在外面走動，何必穿著西裝？看起來實在有點……」

「我穿西裝比較帥。」太白星君心平氣和地回答他。

……你高興就好。東方天界的神仙不穿長袍馬褂，倒是穿起西裝來了。這些不食人間煙火的神仙還真愛趕流行。

「請回吧。」狐影不想多說。

「若是您擔心帝礐大人對您不利……」太白星君決定激一激他，果然收到很大的效果。

向來笑咪咪的狐影變色，「住口！」

果然……太白星君沉默不語。即使百年時光彈指即過，狐影君依舊沒有忘記當年的事情。

狐族雖為妖族，某些能力卻超越天人。譬如狐族管家，就是結界和禁制的佼佼者，歷代修煉成狐仙的，在仙神之間都備受尊崇。

更何況是指族為姓的皇室狐家。狐影一家本來就是狐族中的貴族，古時被尊為塗山氏，精通於治癒與醫療。不只是眾生，甚至大如天地，都可施展良醫手。

百年前，狐影剛升天界，就一肩擔下崩壞劇烈的接壤修補。當時情況非常危急，人間屢屢發生大海嘯、大地震，天界和魔界同時產生強大的共鳴，傾覆似乎只在眼前。

是這個年輕的狐仙日夜劬勞，找出病源，仔細醫療安撫了天地的裂痕。當時的狐影既擁有稀世之俊美，又因為才華擁有遠大的前程，瞬間成了天界少女的偶像之一。

但是也引起一位上神的覬覦。

這位上神名為帝礐。貴為天孫，又曾代理過幾千年的天帝，在天界的身分很崇高。但是崇高的神之貴族卻擁有病態的興趣。

他像是飼養寵物一樣地撥弄人類的靈魂，以他們的冤魂煉製各式各樣的神器。

早年神魔大戰，也是因為他對人間擁有病態的興趣，才與魔人引起爭奪人間領土的戰爭。後來人類幾乎滅亡，三界動盪不安，幾乎因此崩解，甚至驚醒了沉睡已久的古聖神干預，戰爭才就此畫下句點。

被驚醒的古聖神對人類有種偏執的愛護，強迫天界解任了帝嚳的帝位，嚴酷的禁止天魔兩界干預人類的命運，人類這才獲得喘息繁衍的機會，只是燦爛的古文明因此消失了。

帝嚳雖然被解除了帝位，卻因為身分崇高，並沒有遭受任何處分。但是他將病態的興趣轉移到人類以外的眾生。

人類還有古聖神偏執的袒護，眾生卻沒有。於是讓帝嚳看上的眾生，幾乎都遭了毒手。

甚至已經修煉成仙的狐影也不例外。帝嚳暗地裡像是捕捉野獸一樣將狐影抓來，發生了什麼事情，沒有人知道。最後帝嚳身受重傷，上奏章控訴狐影盜寶不成，意圖謀害。

而狐影逃了。

據說，天帝馬上將狐影「逮捕」，「拘禁」在天宮之中。帝嚳屢次上奏章要求天帝將狐影交給他處置，都遭到天帝的拒絕。

沒多久，天帝召來太白星君，要他火速將狐影「貶」到都城作為通道管理人。太白星君還記得，當他要護送狐影君下凡時，簡直大吃一驚。

那位風姿颯爽，俊美無雙的狐仙，委靡地像是生了場重病，全身布滿了鞭痕似的，深深淺淺，都是怵目驚心的傷疤。

種種的流言流竄，太白星君對這個倒楣的狐仙充滿同情。但是帝嚳位尊勢大，連天帝都不敢明裡和他對峙，也知道這樣的處置是最好的。

但是現在……現在卻不得不力邀他回天。

沉默良久，狐影稍稍緩和了些。「星君，是我過分了。很抱歉……」雖然天帝再三保證不會有類似的事情發生，他卻忘不了帝嚳將他當作禽獸般侮辱虐待的往事。

「我想，」他想了一會兒，「管寧現在管著接壞崩裂的事情不是？我看她也管得挺好的……就算我來接手，也不會比她更好。」

而且管寧與他不同。管寧精於心計，長袖善舞，而且，她精通妖術結界，三界之內幾乎無人可破，帝嚳找不到機會對她下手。

可惜管寧這樣精明，卻生了個笨女兒。狐影有些沒好氣地想著。

太白星君靜默了會兒，管寧的確厲害……但是禁制和結界只能阻止一時，真正要徹底修復，非狐影動手不可。

「狐影大人，你不再考慮嗎？」太白星君哀求。

「我在人間過得很好。」狐影回答，「我喜歡在這裡開咖啡廳。」

＊　＊　＊

「我在人間過得很好。」雷恩回答，「我喜歡在這裡當偶像。」

太白星君有些氣餒。他今天碰壁真是碰夠了！為什麼每一個天人下凡以後就都不肯走啊？人間到底有什麼好？

雖然他不得不承認，人間是比較有趣的。比起爾虞我詐的天界，人間的人單純多了，也比較享受生活。時時刻刻繃著神經的日子不好受啊……

尤其是剛剛他走在路上，還有漂亮的妹妹對他拋媚眼，真讓星君樂得飛飛。

不，現在不是想這個的時候。

「雷恩大人，」他苦口婆心地勸著，「天帝已經赦免你的罪了，請你回天吧。十日後會準時封天，天帝不忍心你在人間受苦……」

「我在人間很好，一點苦也沒吃啊！」雷恩有點莫名其妙。

太白星君瞪著這個耿直的雷神，著實沒好氣。「……但是雷公需要他的忠實部屬。再說，最近天界出現了很大的危機，非常需要你的神通啊！」

雷恩有點動搖，他強烈的責任心讓他放不下……但是他更放不下九娘。「雷神共有三十六部，又不只我一個。我在人間有未了的事情……」

說來說去，還不是為了那隻小狐狸精？太白星君腹誹著，「可是為了管九娘？」

沒想到這個冷酷出名的雷神居然紅了臉，吶吶地說不出話來。

真是單純得可以！太白星君嘆氣，「雷恩大人，你若真的是為了管娘子，才應該回天去。你想想，你的歲月長著呢！管娘子修仙之前，都要遭逢天刑雷災。你被貶下凡，千年之後，誰來執行管娘子的雷災？接下來的雷神可會像您一樣網開一面？」

雷恩猛然被驚醒，愣著說不出話來。

的確，雷公老大手下三十六部雷神，個個鐵面無私。執行天刑是榮耀也是使命，雷神們莫不認為不願修煉的妖魔鬼怪皆為邪祟，務必除之而後快。

他沒有機會劈死管九娘嗎？他有很多機會殺死她的。但是就在最後一刻……他總是遲疑、縮手。

換了其他雷神，會遲疑嗎？

不，不會的。那雙美麗的眼睛會闔上，再也不會睜開。想到這點，他像是背脊澆了盆冰水，打從骨頭裡冷上來。

發現雷恩被說動了，太白星君很滿意自己的說服技巧。開玩笑！那隻頑劣的孫猴子也是讓他三言兩語招安的，難道雷恩會更難搞？

「雷恩大人，您還有十天的時間可以考慮。」他很懂得留退路的。

果然，雷恩茫然地收回視線，表情很是落寞。「不用考慮了。」他下了很大的決心，「給我幾天時間。我一定在期限前歸天。」

第九章　胡不歸

等星君走了，雷恩愣愣地坐在宿舍的床上，很久都沒有動彈。

他知道自己還有很多事情要交代，他是個有責任感的天人，不能撇下工作一走了之。他最少要跟李製作人講一聲，要謝謝力哥和眾多工作人員對他的善意……

但是他就是動不了。

再也不能……再也不能見到九娘了。

封天絕地是怎麼回事，他很清楚。當初他跟隨雷公老大，除了執行天刑、宣揚天威以外，還奉命協助守邊。

守的就是日漸崩壞的接壤，協助補強天界與人間的眾多通道。他也明白，封天一旦執行，沒有飭令的仙神不能隨意進出，避免失衡的力量動搖脆弱的接壤。

也就是說，他非等到九娘的下次雷災，才有辦法見到她。這點認知讓他如墜冰窖，心痛得像是千百萬根細針戳戮。

再也不能跟她在相同的都城呼吸相同污濁的空氣，再也不能滿足地用天眼凝望她。

再也見不到那雙美麗的眼睛。

最後這點讓他很痛、很痛，痛得幾乎想要把心割去。頭一次，他低下頭，有股強烈想哭的衝動。

這個時候，上邪衝了進來嚷嚷，「那個叫作雷恩的小子！我告訴你，你最好先去學學怎麼追女人，別再讓那隻小狐狸要脅我……你哭幹嘛？我又還沒打你！」

雷恩抬起滿是淚痕的臉龐，望著差點要了他的命的上邪……在即將離別的此時此刻，甚至連這個宿敵都覺得可愛可親。

直到現在他才知道，他多麼眷戀有著九娘的人間。

「我……我……」一串晶瑩的淚珠又從雷恩頰上滾下來，「我再也不會去煩她了……千年之內都不會……我得回天界去了！」話還沒說完，雷恩已經放聲大哭。

哇靠，男子漢大丈夫，哭什麼哭！一哭就膿包了啦！上邪有些手足無措，「啊你是哭夠了沒？好啦好啦，回去就回去。我就知道你們這些懦弱的神仙，熬不起人間的苦啦！」

「我才不想離開這裡！」雷恩哭得更大聲，「我喜歡人間，我喜歡九娘啊！我就是喜歡就是喜歡……但是我不能不走……不走的話，千年以後換其他雷神來劈她了啦！以前我不懂、不明白，為什麼就是不想劈死她……現在我懂了我明白了……但是不能留在她身邊啦！你勸她修仙啦！拜託你……千年以後才能見到她……」

越想越悲哀，雷恩號咷起來，「我會死啦！我會死啦！我不要見不到她啦！」

你是白痴還是笨蛋？上邪翻了翻白眼。這證明了他一向的肯定——天人都有輕重不一的腦殘。

「你不會留下來保護她喔？」上邪真受不了這些腦殘天人，「真的那麼喜歡，就留下來保護她啊！」

他完全忘記自己是來「說服」雷恩別再去騷擾九娘的。

「和同僚干戈相見？」雷恩垂淚，「我不能做這種事情。我畢竟是雷神啊！我為了九娘背棄自己職務已經是罪該萬死，貶下凡間是我應該接受的懲罰……我又怎麼可以傷害同僚？九娘願意修仙就好了……嗚嗚嗚……」

「天人就是有這麼多囉唆。」上邪搔搔腦袋，「鬼才想成仙！萬般不自由，規矩一大堆。隨便你吧！」他不由得同情起雷恩，雖然他不承認。

「哭什麼啦，大男人哭哭啼啼難看死了！」上邪發怒了，「去去去！你不是要歸天了？去見你喜歡的女人啊！這些話跟我說有屁用？跟她說啊！」

「她不想見我……嗚……」雷恩擦著眼淚。

「不聽？反正千年後才能見面，不聽？」上邪暴躁起來，「抓起來、綑著她，逼她聽啊！男子漢大丈夫，這樣不行，那樣也不行，你母的哦？母的還比較積極進取，你是豬啊你！」

被痛罵了一頓，雷恩反而冷靜了些。上邪那張爛嘴巴雖然壞，但是說得也有道理。最少也該跟九娘當面道別。

他狠狠地擤了擤鼻子，擦乾眼淚。「你的嘴巴雖爛，但是說得滿有道理的。」

「……是你腦殘還是我嘴巴爛？」上邪氣得狂劈雷，和雷恩打成一團，「今天你給我說清楚！」

* * *

在天界。

一雙黑黝黝的眼睛注視著遙遠接壤的美麗狐仙。

難得她獨自一人在彌補裂痕上的結界。纖白的雙手伸向天際，喃喃地祈禱著，念著天地初闢的古老咒語。寬大的衣袖飄舉，玉帶隨風翻飛，即使背對著，也可以想像她美麗至極的狐眼。

那雙勾魂懾魄的美麗眼睛。

他想要。他想要那雙眼睛。想要用晶瑩剔透的水晶瓶子裝起來，鍛鍊成最強的神器。

好讓那雙眼睛可以時時刻刻注視著他，再也逃不了。

現在，她是孤獨的，只要一伸手……她就逃不了。他悄悄地，悄悄地靠近，飄忽得像是一抹微風。

但是，狐仙卻將纖白的雙手放下來，發出一聲嬌媚的輕笑。「帝嚳大人？來視察進度嗎？」

她沒有轉身，但是帝嚳知道，她的衣衫獵獵作響，不是因為天風。是的，她張開了妖術結界，任何法術和武器都無法傷害她，反而會將所有的傷害反彈回去。

就算是天孫帝嚳，也對這位天才妖仙沒有辦法。

「我是來看妳的，管寧。」帝嚳的聲音非常柔和，像是鳥鳴般悅耳。但是聽在耳朵裡，有種說不出來的不舒服。

管寧微微偏著頭，毫不掩飾狐族先天的魅惑。她對自己的力量有自信，同時，她也非常謹慎。她了解帝嚳這位敗德上神。

「承您情。」她嬌媚地轉身，福了一福，「但是我快趕不上進度了。」她纖手一指，「瞧瞧，工頭們都來找麻煩了。」

帝嚳瞧見了緊張趕過來的諸部天曹，眼睛黯了黯。這些天帝的爪牙實在可惡，總是妨害他。

悄悄的，他像是影子般飄忽而去，卻忘不了那雙美麗的眼睛。

他想要，他好想要。但是天帝防他防得那麼緊……只要名登仙籍，他處處受縛。他快要閉關修煉了，閉關之前，他想要帶著那雙美麗的眼睛走。

狐影逃了，管寧摸不得。他只是想要一雙美麗的狐眼……為什麼尊貴的他就是弄不到？

難道天底下沒有他可以收藏的美麗狐眼？

他很忿恨，卻只是在陰暗處沉默著。廣大的宮殿一片沉寂，服侍他的神官幾乎不敢出聲。

管寧似乎有個女兒。帝嚳突然想起。是了……雷恩不是因為那個小狐女所以被貶下凡？她有怎樣的眼睛？是不是跟她的母親一樣美麗？

一隻未成仙的、卑賤眾生。他可以安心去取走眼睛的狐妖。

他站起來，像是晚風一樣飄忽離去，眾神官都不敢問他去哪裡。

希望她的眼睛夠美麗，帝嚳想著。他已經渴望很久很久了。

＊　＊　＊

封天了。在這種時刻，九娘是很不想出差的。

對於封天絕地，眾生反應不一。對人間懷有情感的仙神或魔滿懷不捨之情，還是忍痛回歸；原本就居住在人間的妖類只是冷眼旁觀，像是事不關己。

但是逸脫於諸眾生以外的妖異鬼靈倒是欣喜若狂，懼神畏魔的諸妖異，去了這層束縛，漸漸猖狂了起來。這起因為貪念、偏執而失去身體的妖魄或人魂，渴望著這個機會已經很久很久了。

雖然人類因為崇尚理性，用知識形成一種天生的屏障，將妖異的影響盡可能地排除在外，但是內心脆弱容易受傷的人類，還是會招來妖異。

尤其是資質優異、靈魂純淨的人類，更是妖異垂涎的對象。

若是可能，九娘是不想管的……若是她住在都城，當然可以不要管。但是這種風聲鶴唳的時刻，上司居然派她去參加什麼座談會。

「我要請假。」她鐵青著臉對著總編揮拳，「這是什麼時候？我幹嘛出都城？我不要！我自己的事情已經夠煩的了……」

「我聽說，雷恩老大已經要回天界了。」總編不為所動，「管娘子，妳還有什麼好怕的？我卜過一卦，這趟旅程……不平安哪。但是工作總是要有人去不是？妳總不願眼睜睜看著妳的部屬踏入險境吧？」

雷恩要回天界了？九娘呆了一下，悄悄地鬆了口氣，卻有點悵然若失。呿，我在想什麼？她啐了自己一口，這是天大的好事，我幹嘛反而心情低落？

「總編，你總也看到我這滿桌子的稿子吧？」九娘一扭頭，「搞什麼？我請了幾天『病假』，居然沒人幫我看稿，統統堆著等我回來！我若死了呢？總編，反正你閒得很，你去什麼座談會，讓我好好做事行不行？」

「這個……」總編滿懷歉意，「小妖道行淺薄，這趟實在太凶險，小妖不敢去。」

瞪著這隻書蠹蟲很久，九娘的火氣筆直地冒上來，「什麼?!」凶險到這種程度，你居然有臉叫我去？

總編火速脫離危險區域，只見一張輕飄飄的車票飄在九娘的桌子上，「管總編！一切都拜託妳了！」

拜託你的大頭鬼！老娘不幹行不行？行不行?!

正怒著，回頭看見笑盈盈的小編們不知道在聊些什麼，綻放著無憂無慮的光彩，笑語如鈴。

她的怒氣又消失了，沮喪地拿起桌子上的車票。

也不怎麼樣嘛，不過是去出趟差。她好歹是狐族管家的傳人，會怕人間那些雜魚妖異？若是這些人類女孩……你讓她們拿什麼跟厄運鬥呢？

九娘真是恨死了自己的軟心腸。

一到火車站，她瞇了瞇眼睛。

火車站是送往迎來的場所。這種從某地到某地的匯集處，往往能夠深刻地吸引妖異。

所謂妖異，乃是失去身體、徒具魂魄的人魂或眾生。大部分都是找不到歸屬，漂蕩個一陣子，就會消失無蹤。但是就是有一小撮的妖異，懷著非常偏執的貪念，執著的想要「活」。

失去理智，沒有記憶，漂蕩著，他們聚集在火車站，希冀火車可以帶他們到哪裡去。

站在剪票口的道祖神沒好氣地抬頭看看九娘，粗魯地喊：「車票！」

九娘拿出來，瞥了他一眼，「我看坐霸王車的多得很。」

「我很愛嗎？」道祖神火了，「都城這兒還好，中都那兒已經亂得沒王法了！好歹尊重我們一點如何？雖是他媽倒楣的榮譽陰神兒，我們也是盡心盡力……喂！你！我不是說不能進月台嗎？滾滾滾！給我滾！」

矮小肥胖的道祖神氣急敗壞地追著偷溜進月台的妖異，九娘看著亂成一團的火車站，無聲地呻吟一聲。

以後的日子恐怕不會太平安了。尚未封天絕地之前，人間有神魔管轄，這些妖異還只敢躲在暗處瑟縮著。雖然這些最低等的妖異偶爾也有修煉成精，到處祟人，但數量不多，妖力也低微，沒什麼眾生注意到他們。

但是失去了神魔的管轄……這些妖異的數量多到令人感到不安。封天幾日，這些妖異就這樣四處「蛇」，時候再久一點……

人間會怎麼樣？

她在人間誕生，也在人間長大，算是第二代移民了。不是沒回到青丘之國過……但是，她就是沒辦法認同那個妖鄉。

「關我什麼事？」九娘悶悶地撥開擋路的妖異，進了自強號，「我是狐狸精，又不是人類。再怎麼邪祟，也祟不到我。」

她如常地張開結界，想要一路睡到高雄……遲疑了一下，望著來來往往表情平和的人類，有種溫馨又孤寂的感受湧了上來。

我和這些人類生活的時間，遠遠超過我的同類許多許多。

她將結界擴大到整列自強號上面，祭起稀薄的安魂香。這香讓人甜睡，避除一切妖邪的侵擾。

這原本是狐妖媚祟男人時，祭起來避免別人搶「食物」用的。

說不定，這列自強號有我看上眼的男人。九娘對著自己解釋。我絕對不是想要救什麼人類，沒有那種事。

但是張完結界後，她覺得舒心快意，像是一塊石頭落了地。閉上眼，睡著了。

出差快一個禮拜，九娘對總編輯的卦感到深刻的懷疑。除了作者如常的不交稿（是的，她順便南下催稿），經銷商要機車（每家經銷商都要同樣的機車，真好樣的），座談會不知道在開什麼玩意兒（該說是座談會美好的傳統嗎？），一切都很正常。

甚至妖異出沒也沒她想像的多，或許是地大「人」稀的關係……妖異喜歡往大城市鑽著找對象，南部人口不夠集中，連妖異都興趣缺缺。

是凶險在哪？她沒好氣的想著。那隻死書蠹蟲懶就說一聲，需要這樣唬她？

或許是太安全了，她上了回都城的火車，連結界都沒下，就開始熟睡。

一上火車就想睡覺是她的惡習。她堅持火車上面爬著連妖怪都看不到的瞌睡惡靈，所以一上火車就會熟睡……不過經過多天被作者、經銷商、座談會車輪戰的洗禮之下，這場好眠可以說是恰到好處的甜美。

突然，她睜開眼睛。一時之間，她還搞不清楚發生了什麼事情。

有種森冷，悄悄地爬了上來。空氣沉滯鬱悶，帶著塵土和野獸般的氣息，讓人幾乎無法呼吸……連她這隻妖力卓越的狐狸精都有點吃不消。

太多了……她瞠目。整列自強號裡塞滿了垂涎的惡意妖異？像是這個小島所有的妖異都集中在此，幾乎將空間填得一絲空隙都沒有。

人類肉眼看不到的妖異。

一種熱烈、偏執的期待，讓這些妖異集合成一個狂熱的意志，分頭侵襲昏睡的乘客。

果不其然，坐在後面沉睡的乘客突然站了起來，嘴角滿是白沫，口齒不清地狂喊著，「哇啊啊！啊啊啊啊……我受不了了，受不了了啊！給我……把你們的生命給我……我要活、我也要活啊！」

她全身繃緊地戒備著，那個著魔的人類卻撲向她的左前方，襲向一對年輕情侶！著魔者那樣的猙獰把女孩子嚇得尖叫起來，男孩子連忙將那人踹開，將檀茵保護在他身後。

她第一次看到這樣乾淨的靈魂和心……而且，還是兩個上好的「容器」。在古時候，他們應該會是神魔垂愛的神諭者吧。

但是這個封天絕地的時代？他們只會成為妖異的餌食！

此起彼落的，昏睡的乘客著了魔，一個個站起來，喉間發出低低的吼聲，眼見就要過去……

「吵夠了沒有啊？老娘都不用睡覺嗎？」九娘霍地站起來，忿忿地舉起手上厚沉沉的稿子，一個個朝著腦袋敲下去，「靠夭啊，我審稿已經審到火氣旺，出差出到長痘子啦！你們還吵三小？沒見過壞人嗎？要搞怪到旁邊去！在我管九娘面前吵啥？班門弄斧嗎？」

她每敲一下，就有一道妖異恐懼地飛出人體，乘客又癱回座位繼續昏睡。她氣勢十足地往玻璃窗一拍，「管九娘在此，諸妖異可以滾了！」

霸氣的結界宛如狂風，呼嘯尖銳地颳過整列自強號。她將所有的妖異嚴峻地掃出去，空氣瞬間乾淨了起來，邪穢退散得乾乾淨淨。

……她在做什麼？她在做什麼?!天啊……她幹嘛惹這樣大的麻煩？無疑的，這將是兩個燙斷手的山芋啊啊啊……在沒有神魔庇護的此時此刻，要保住這兩個精緻又脆弱的容器，無疑是猛虎口裡搶脆骨！

妖異雖然雜魚甚多，但也有幾個惹不起的大人物啊！

那對情侶握緊了手，面面相覷，看著臉孔時青時白的九娘。

「管小姐，謝謝妳的解圍。」女孩子小心翼翼地道謝，白皙的臉孔乾淨而誠懇。

「別跟我說話。」九娘將眼睛垂下，假裝很忙地看著稿子（她沒發現把稿子拿顛倒了），「我的麻煩夠多了，不需要加上你們這對超級大麻煩。」

「但是妳救了我們。」

「我沒有！」她大聲叫了起來，不！不要！她好不容易有清心的日子可過……天殺的書蠹蟲！都是你害我的！「我哪有啊？我只是不想被打擾而已，哪有救你們？我只是個普通的編輯……別煩我，離我遠一點！」她厭惡地揮手，像是在趕小雞小鴨似的。

那對情侶竊竊私語了一會兒，一面偷覷著九娘隱匿著的耳朵和尾巴。靠！就知道事情不簡單！九娘心裡忐忑不已。這是哪個神魔的神職？這下好了，封天絕地，就把人一扔了事……

可不要是我來收神魔這些爛攤子吧?!

「別看我……死人類。」她咬牙切齒地抱怨，「媽的，坐個火車也有事，實在很苦命……」

不行，她不能「撩」下去。掐指一算，換她臉孔蒼白。雖然她的卜算不太精，但災難大到這種地步，想算不出來也不成。

這兩個人類讓「冥主」看上了！這列火車……即將出軌。

妖異散漫沒有組織，卻有共同懼怕的對象。那個以吞噬同類和人類累積妖力的傢伙，是少數幾個有名有姓的妖異大老。普通神魔還不敢掠其鋒，何況她這小小的狐妖？

不要管，千萬不要管……她低頭，裝作不知道的看著稿子，神經緊緊地繃著。但是……有種懷念的感覺勾得她抬頭，凝視著睏倦睡去的那對情侶。

她在人世生活了很久很久，當然也認識了很多人。而人類擁有不滅的靈魂，比肉體還鮮明。

在很久很久以前，她認識這兩個人的……前生。

許多往事湧了上來，歷歷鮮明。懷著一種複雜的親切和寂寞，她咬了咬牙。

誰讓她的心腸這麼軟呢？

九娘站了起來，蹙起兩道秀麗的眉。幾節車廂前，有沒去淨的妖異在騷動。偶爾也有這樣除不乾淨的雜魚……她準備去看看。

走了幾步，恐怖的預感抓住她，猛然回頭，發現那對情侶居然夢遊似地往車廂連結處走去。

太乾淨的容器，容易被操弄啊！她飛奔而至，一把抓住他們，「你們要去哪？」

這對情侶猛然驚醒，嚇白了臉孔。

九娘大力將他們拖進來，臉孔陰晴不定，「媽的，我不是奶媽啊！現在又有個大傢伙來了……」

火車一到新竹靠站，她將他們一起拽下車，「這班車不能坐了。」

「為什麼？」兩個驚嚇過度的人跟在她後面小跑步。

「這列火車要出軌了。」她瞥了眼，「好了，臉孔不用這樣慘白。我不會讓這列火車真的翻了……我還趕著回台北呢。聽好了，你們先離開火車站，不停的往前直走不要轉彎。任何人叫你們都別回頭，也絕對不要回答。一直往前走、往前走……看到的第一間旅社，不管是多麼破舊或者不正常，住進去就是了。天亮搭第一班的火車到台北，明白嗎？」

她不耐地在他們背後畫符，用力一拍，「走！」

看著他們走遠，管九娘深深嘆了口氣。

她真不夠格當個殘忍無情的狐妖。讓太多回憶糾纏……她越來越像個軟弱的人類了。

媚眼微閃，身形不動地瞬移到已經開走的火車。滿車的人都在昏睡，空氣沉悶得像是充滿了瘴氣。

在檀茵和伯安坐過的座位上按了按，尚有微暖。她原本就是吸食精氣的妖怪，借用稀薄的人氣幻化人形，正是她的長處。

昏沉的乘客中，有人清醒了一下，看到兩個座位都是空的，又闔目睡去。但是看在妖異的眼中……那兩個人還在座位上沉睡，反而那個礙事的狐妖不見了。

悄悄地隱蔽自己的氣，管九娘默默坐著。希望這樣的欺敵之計，可以引走大部分的妖異。

表姊媚然一定恨死了她。九娘苦笑著。或許在眾生中，媚然的妖力並不出類拔萃，但萬物相生相剋，媚然這隻狐妖是少數能役鬼（妖異）的眾生。或許表姊可以保住這對小情侶吧？

火車飛快而安靜地奔馳著。她默默地等待。

第十章 只羨紅塵

火車沉默地朝北直去，九娘已經將結界撤去，只剩下稀薄的禁制環繞在她的身邊，隔絕自己所有的氣息，同時祭起安魂香，保護著車內乘客不受侵犯。

她的戰鬥經驗不可說是不精。天上天下，幾個眾生能躲過五次雷災？她能。

比較沉重的是，這一車生命都在她手上，而不像以往，她只要保住自己的命就好。這是很艱難的任務，但是她卻放棄掙扎了。

她就是喜歡人間，喜歡人類。她是移民……是對異鄉懷著鄉愁，將他鄉當作故鄉的二代移民。就像狐影不容青丘之國受人侮慢，在她看得到的地方，也不容任何妖異侵犯她的「鄰居」。

不像妖怪也沒關係，她就是喜歡人類。

越朝北，火車內的氣息越森冷。昏睡的乘客口中冒出一縷縷白氣，室內的溫度越來越低，越來越低。充塞在火車內的妖異們無聲地嘶吼、尖叫，繞著虛幻的目標垂涎著。

然後一道雪白的影子突然掃過整列列車。當他毫無表情的俊秀臉龐冷冷地掃過來時，九娘更靜默、更屏息。這是「冥主」的分身。這個奸詐狡猾的妖異王者只派了分身來完成任務。

騙得過他嗎？表姊媚然擋得住冥主的本尊嗎？

像是冬天最冷的那道冷鋒，無形又銳利地侵入列車又離開，攫走了九娘用生氣凝聚出來的虛幻情侶。

妖異們或哭泣、或呻吟，追隨著那道雪白的影子離去。列車卻在這時候發出長長的撕裂聲，衝出了大轉彎的鐵軌，即將發生慘劇……

九娘飛出車外，梳得整齊的髮髻散在狂風中，勾成誘人的髮線，伸出皙白的手，向上天獻出虔誠的祈禱。

隨著她那悅耳而急速的古老咒語，出軌的火車漂浮在空中，連同乘客安詳的夢境，安魂香隨著妖力的發動蔓延，芳香馥郁得令人神醉。

有些乘客在半夢半醒中看見了妖美魅麗又純潔高貴的她，有些懷疑為什麼觀世音菩薩穿著西式套裝出現在人世。

規矩的半高跟鞋輕輕落在地上，同樣輕柔的，巨大的列車緩緩地安全落在荒野中。

我已經盡力了。九娘想著。只能替他們祈禱，可以平安順利地逃過此劫吧。

「妳，比我想像中的美。」幽幽的聲音宛如鳥鳴般悅耳，卻讓九娘打從心底冷了起來。

是冥主?!終究還是沒騙過他嗎？

她戒備地張開護身結界，猛回頭，瞠目看著眼前這位天神。這個神祇……這個奇怪的神祇……他是誰？她沒見過或聽過這樣神威猛烈，幾乎讓她屈膝的上神，他究竟是……

「妳的眼睛，比妳母親更美麗。」天神噙著恍惚的笑容，「來人間來對了。」他的眼中，露出天神不該有的貪婪和瘋狂。

九娘想逃，卻覺得兩條腿像是果凍一般，站都快站不住。救了這列自強號，她已經耗盡了大半的妖力，結界薄弱許多。遇到這樣強大的天神，她更被神威衝擊得快要站立不住。

「你……你是誰？」九娘勉強問著，一面悄悄按下手機的快速通話鍵。

狐影接到電話的時候，正好天神說出他的名字。

「我是帝嚳。」

狐影愣住了。手裡的手機承受不住帝嚳發出的強烈神威，轟然一聲，炸了。

「……九娘！」

手機炸掉的時候，九娘因為極度的恐懼，反而平靜了下來。慌張沒有用處，只會越弄越糟糕。

「上神找小妖有什麼事呢？」她沉穩下來。沒錯，現在不能慌。反正狐影已經接到她的求救，他會想辦法的……

現在她只能盡力撐過去。

「噢，我真喜歡妳的冷靜和機智。」帝嚳憐惜地看著她美麗的眼睛，「我不殺妳好了……把妳的眼睛給我，我帶妳去天界，當我可憐又可愛的解語花吧……」

他伸出手，九娘身形不動，硬生生往後挪動三尺，避了開來。「您的要求不太合理。況且早已封天，您不該出現在人間……」

帝嚳的眼睛暗了暗。「若不是有不自量力的傢伙，我早在封天前得了妳。不過礙事的傢伙已經不在了……乖乖隨我來吧！」

他的神威更劇，逼得九娘跪倒在地，動彈不得。完了……難道她就這樣被這隻變態天神玩弄傷害？憑什麼？到底憑什麼啊？只因為他是神，就可以將眾生看為玩物？

她也是活生生、有心智有感情，會哭會笑的眾生啊！這太不公平了！

帝嚳的笑意越深。他多年的夙願終於可以成真了……

轟然一聲大響，帝嚳的手微微冒煙麻痹。雷閃挾帶著雷鳴的憤怒劈了下來。

「別碰她！」全身都是傷痕的雷恩，滴著水，疲累不堪地擋在九娘前面，「她是我的！」

我真的生氣了。帝嚳想著。這個卑賤的雷神一直在干擾他。早在封天之前，他就該得到狐妖的眼睛，只是這傢伙……這隻卑賤的畜生，不斷地干擾他。

跟蒼蠅一樣煩人，不斷地糾纏著。不是不能打發他……但是純淨的雷火頗為棘手，又剛好相剋到他。

對於沒有污穢的雷火，他沒有辦法。只能禁錮這隻不自量力的雷神，將他深深禁錮在海底。

但是拖了這麼多時日！拖到封天以後了！

這隻該死的雷神？

他是怎麼掙脫禁制的？明明在他脖子上繫了鎖龍鍊，將他扔進深黝的海底不是嗎？

帝嚳困擾了起來。

「不要怕。」雷恩沒有轉頭，輕聲地安慰九娘，「我會保護妳的。」

九娘怔怔地抬頭，發現雷恩的頸子環繞著細痕，滲出絲絲血跡。「你……！」

「不要在意。」他低語著。沒錯，為了擺脫鎖龍鍊，他將自己的頭顱割了下來，再安回去。他知道，他明白，這麼做根本是自殺……但是為了九娘死，卻比他想像中快樂許多，「希望妳未來幸福快樂，不管是天上人間……」

他掣出名為雷閃的銀劍，決心傾全力一搏，「所以，妳快走！」他撲向帝嚳，準備同歸於盡。

「雷恩，不要！」九娘慘呼著，這是第一次，她喊了雷恩的名字。這也是第一次，她真正心痛的哭了起來。

哪有前線有人為自己拚命，還膽小地逃走呢？她是有恩必報的狐妖，可不是沒血沒淚的其他眾生！

站在他身後，九娘放出結界保護雷恩，誦念著母親教給她的咒語，將淡青色的狐火徒勞地襲上帝嚳。帝嚳也森冷著臉，發出如刀鋒般的銳利狂風……

「住手。」只見一個少女柔弱地站在他們之間，伸手一擋，居然遏止住天孫帝嚳和九娘的狐火。

少女飄飄然，足不點地，不過是個沒有形體的人魂。但她卻施放出可以中和一切的結界，冷卻了所有的戰意。

她微微笑，帶著略帶疲憊的溫柔，「……今晚真是多事之秋。」

「卑賤的人魂，讓開！」帝嚳眼神冷然。

「不要生氣，天孫。」她輕輕呼出一口氣，「我是得慕，舒祈的管家。我想您應該知道……都城的管理者葉舒祈。」

「知道又怎樣？」帝嚳露出鄙夷的眼光，「滾開！」

「當然可以。」她略讓了讓，「我只是來送請帖。」她遞上一台宛如書本般大小的筆記型電腦，「您接了請帖，我就走。」

有什麼我不敢接的嗎？我可是天孫帝嚳。他冷笑地接過來，天上天下，即使是天帝親手打造的神器，也不能對我怎麼樣……

只見螢幕乍然光亮，發出冷藍燦爛，令人不敢逼視。帝嚳只覺得千萬道光芒穿透了他……將他吸入了無數飛光的通道。

當帝嚳消失了蹤跡以後，得慕疲倦地撿起掉落的筆記型電腦，「唬唬沒用過電腦的天神還行……就是唬不了精明的冥主。」

隱在她身後的狐影大大鬆了口氣，「有累妳了，得慕。」

她疲憊的一笑，「我得走了……這一夜，真的發生許多事情……」然後緩緩消失在夜色中，像是甜蜜的風稍縱即逝。

狐影放鬆了下來，感覺到相同的疲憊。他低頭看著抱著雷恩慘哭的九娘，心中充滿感慨。

「他還沒死。」他蹲下來察看氣息微弱的雷恩。

「離死有很遠嗎？」九娘又哭又嚷，「不要讓他死，狐影！拜託別讓他就這樣死了……天人沒有可供轉生的魂魄，死了就是死了……」

「……他若死了，就不會再來煩妳了。」

九娘臉脹髮亂地啐了他一口，「你說這什麼話？這是一條命，這是一條為了我的命！快救救他呀！」

「我又不是急診室醫生，為什麼非救他不可？」這個亂來的雷神切下了自己的頭，教人家怎麼救？

只能死馬當作活馬醫了……

*　*　*

雷恩居然奇蹟似的活轉回來。

雖說他是雷神，沒有那麼容易死，但是將頭顱割下來又安回去，還能回復得完全……只能說，狐影的手段果然高明。

即使雷恩神力全失，宛如凡人一般，必須從頭修煉，但是這已經是奇蹟中的奇蹟了。

只有被拔了不少頭髮的上邪非常生氣。哪有老闆衝進來，不由分說就開始拔夥計的頭髮？拔了也就算了，還拿去鍛鍊成仙器，當成護身符安在雷神的脖子上！

「我的頭髮是何等尊貴的東西？」上邪暴跳，「若讓錦鯉得了去，就可以翻身成龍；若讓飛禽得去，即可修成鳳凰。你居然拿我的頭髮給那腦殘的雷神圍脖子?!」

「不圍脖子腦袋要掉下來了！」狐影也不比他小聲，「不給？不給沒關係，我就這樣跟九娘講。只要你不怕她，我當你是好漢子！雷神怎麼了不關我的事情，你有種就去對九娘解釋！」

上邪怒了又怒，也只能白怒著。說起來，他是有幾分怕九娘的……告狀。

「你們這起死狐狸精，比人類可惡多了！有種就圍著那條護身符別拆！哪天腦袋掉下來被人家寫成鬼故事就不要叫！」

後來的確發生過幾次「意外」，不過，也只是替這都城增加了幾則無害的「靈異傳奇」。

雷恩因為失去神力，所以在人間居留了下來，繼續當他的偶像明星。

當然，也繼續追求著管九娘。現在他聰明一點點了，知道送花該送適當的數量，雖然種類是劍蘭和黃菊；也知道該送女孩子愛吃的巧克力——雖然九娘打從心底厭惡這種苦苦的玩意兒。

但是他很賣力地在學。

至於九娘嘛……她只肯承認不再討厭雷恩。「我和他？」面對狐影好奇的詢問，她的臉孔抽搐了幾下，「四海之內皆兄弟。我們既然都是移民，也算是朋友……吧？」

只是這個「朋友」讓她有點沒力，幾乎每天都可以接到他的電話，收到他不知道從哪本情書大全抄下來的情書。只要有一點點時間，他就努力跑來送她上班、接她下班。

「我開始修煉了。」某個早晨，他很嚴肅地對著九娘說，「管，妳也跟我一起修煉吧！這樣我們可以一起成仙……」

「誰要跟你一起成仙？」九娘沒好氣，還是坐進他小小的金龜車，「成仙做啥？好上去被你們老大奴役、做牛做馬？我娘已經在上面做到要死了……我看起來是那樣自討苦吃的狐妖嗎？」

再說，帝嚳被舒祈請去「做客」沒多久，天帝就派使者去接那個不成材的天孫。她看起來像腦殘，成仙好方便帝嚳挖眼睛？

她看起來沒那麼笨吧？

「妳在人間也是在做牛做馬。」雖然愛她，雷恩還是很單純坦白的。

九娘撲過去給了他一頓結結實實的「愛的教育」和「鐵的紀律」。「多嘴！快開車！」

雷恩齜牙咧嘴地撫著頰上的瘀青，小聲抱怨，「說好不打臉的……」

「吭？」九娘瞪他。

「沒、沒什麼……」他很乖很老實的發動了車子。

這樣反而讓九娘不忍了。這個超級笨蛋好不容易可以在人間閒散閒散，回天做啥？「成仙有什麼好？你在人間又不是過得很差。」

「實在我比較喜歡人間。」雷恩承認，「但是妳不肯成仙，千年後必有雷劫。所以我得趕在千年之前回返天庭才行……」

「啊？」九娘呆了。

「這樣妳的雷災會由我負責。」雷恩覺得這真是好主意，「妳放心，我會劈輕一點，放放水。而且我有排進度哦！剛剛好在千年前夕回返天庭。這段時間又可以陪妳，雷災又可以由我執行。高興嗎？」他含情脈脈的電眼望了過來。

……總之，你就是還想劈我就對了！

她咕噥了一聲，非常沮喪。

「什麼？親愛的？我沒聽清楚。」他依舊脈脈含情地望著九娘，完全不顧路上險象環生。

「我說，」九娘的聲音充滿絕望，「當初該賞你個痛快的。」

（這個編輯有點怪 全文完）

作者的話

《這個編輯有點怪》跟許多我的作品有千絲萬縷的關係，同樣都屬於「都城管理者」系列的龐大子小說中的一員。

但是我在寫這部小品的時候，心情很輕鬆、愉快，因為我向來喜歡妖媚、慵懶、有些厭世嬌笑、煙視媚行的女子。而這些完全符合一隻狐狸精的形象。

身為一個酷好聊齋的讀者，當然對眾多狐仙（或狐妖）有深刻的印象。從某個角度來說，她們更為靈透、豁達，相較於被禮教束縛得動彈不得的人間女子來說，她們潑辣而狡黠的活著，反而更有濃郁的人味兒。

最剛開始，管九娘出現在我的一部言情小說《天使不設防》中，她只是個躲避雷災的小狐妖。但是寫著寫著，我對她產生了濃厚的興趣。

她的身世呢？她和管理者的不愉快來自什麼地方？我知道她才兩千歲，但是她挨了很多次雷災，說真話，這不合理。狐妖千年一次雷災，為什麼她特別？

後來我寫了《上邪之有隻帥哥在我家》，她又無預警的出現在翡翠的生活中。我納罕了，其實我並沒打算讓她出場……更沒預料她成了編輯。就像角色有自己的生命，她也很順利的搶到了主導權，硬在《上邪》搶到相當的戲分。

一隻不太聽話的、慧黠的小狐妖，完完全全跟她聊齋裡的同族相同，我忍不住想到「諧狐」。

後來她潛沉了一段時間，卻又突然的出現在《降臨》裡頭，出面救了男女主角。橫跨三部作品，三家不同的出版社，她突兀的即興演出，不得不讓我拘她來問：

妳，是不是很想要自己的故事？

當然，除了虛空的一串嬌笑，我什麼回答也沒得到。

好吧……我惡作劇癖也「芽」了起來。妳若希望有故事，我會給妳一個完整的故事，保證妳會花容失色。

於是就誕生了這部小說《這個編輯有點怪》。

當你凝視深淵，深淵也相同的凝視著你；同理，當角色不太聽話的惡整作者，作者也會相同的惡整回來，還加上數倍的利息。

我相信管九娘被我整得相當淒慘，會有段時間咬牙切齒的含著眼淚，不再出來作怪了。

畢竟作者本身，就是一種恐怖的存在。（笑）

＊上邪和翡翠的故事在《上邪》典藏版（雅書堂出版）

＊管理者的故事在《舒祈的靈異檔案夾》（雅書堂出版）

＊火車上情侶的故事在《降臨》（春光出版）

國家圖書館出版品預行編目資料

這個編輯有點怪 / 蝴蝶Seba著.
-- 二版. -- 新北市 : 雅書堂文化, 2017.02
面 ;　公分. -- (蝴蝶館 ; 4)
ISBN 978-986-302-353-1(平裝)

857.7　　106000395

蝴蝶館 04

這個編輯有點怪

作　　者／蝴蝶Seba
發 行 人／詹慶和
總 編 輯／蔡麗玲
執行編輯／蔡毓玲
編　　輯／劉蕙寧・黃璟安・陳姿伶・李佳穎・李宛真
執行美編／陳麗娜
美術編輯／周盈汝・韓欣恬
封面圖片／Romolo Tavani/Shutterstock.com

出版者／雅書堂文化事業有限公司
郵政劃撥帳號／18225950
戶名／雅書堂文化事業有限公司
地址／新北市板橋區板新路206號3樓
電子信箱／elegant.books@msa.hinet.net
電話／（02）8952-4078
傳真／（02）8952-4084

2007年07月初版一刷　2017年02月二版一刷　定價200元

總經銷／朝日文化事業有限公司
進退貨地址／新北市中和區橋安街15巷1號7樓
電話／（02）2249-7714
傳真／（02）2249-8715

Seba · 蝴蝶

Seba・蝴蝶

Seba・蝴蝶

Seba・蝴蝶